CW01640564

Muhammad
21/1/21

Voyage à Marseille

A Short Novel in Easy French

with glossaries throughout the text

January 2015
2nd edition 2019
Editions Le Français C'est Facile, 30610 Sauve, France
e-mail : editions.lfcf@gmail.com

ISBN : 9782370610-690

Table des matières

Introduction.. *5*

Voyage à Marseille... *9*

VOCABULAIRE *73*

Introduction

Learning a language should be a pleasure, not a constraint. And even if you have little knowledge, you can already put it into practice.

A captivating plot

There is a real plot in this novel, aimed at keeping your interest alive. The goal is not to fall asleep while reading, but to enjoy reading and discovering new words and expressions.

No dictionary

Thanks to the small French-English glossaries placed under each paragraph, you save precious time. Words that a beginner is unlikely to know are thus translated out of their context. This allows you to focus on the text, memorize the new words as they are written, and see them used in a real-life situation.

Consolidate your knowledge effortlessly

In addition, the text uses the most common vocabulary, simple sentence structures, to consolidate your basic knowledge. Because good linguistic foundations will work like the foundations of a house: if they are solid and stable, they will be able to support new bricks without problems... and one day a beautiful roof!

That is why I advise you to take good care of your basics and make sure they are strong enough before you start a more in-depth study of the French language. These stories will help you do that. You can even read them two or three times, and you will see that each time the vocabulary will seem more and more familiar to you and the sentence structures more and more natural.

Pronunciation

Have you ever noticed the little voice in your head when you silently read a book?

Even if you don't read aloud, you automatically say every word in your head. I also strongly advise you to get the audio version of these stories. They are available for purchase on the Internet. With or without a monthly subscription, by the way. Because to read correctly, you must also pronounce correctly. It would be a shame to embed bad habits in your memory, when it would be so easy to develop good pronunciation habits right now.

To this end, I advise you:

1. **To listen to the audio** recording first if you have purchased it. Listen to the first two or three paragraphs. Do not read the text right away. This will allow you to memorize the pronunciation of each word.

2. **Pause the audio** and now read the paragraphs you just listened to. It is not necessary to understand everything from the beginning. Let the context gradually clarify all your uncertainties.

3. **Study the vocabulary** between the paragraphs. For some readers, these translations may not be sufficient. If you read the book on a tablet or electronic reader equipped with an automatic translator, you can get instant translations by clicking / typing on a word. There are also bilingual dictionaries in the form of applications that you can install on your device.

4. **Listen to the audio recording again**. You will

certainly recognize the words you have just learned. Listen carefully to how they are pronounced. Pause from time to time and repeat aloud some of the more difficult sentences and words.

5. Pay attention to short words like articles (le, la, les, un, une, des...), prepositions (à, en, au, de, du, par, pour, depuis...), pronouns (lui, les, en...) etc. and try to understand why and how they are used. These short words are often regarded as unimportant. But they are important. Trying to master them will help you to develop your fluency and avoid ambiguity in your speech.

6. Pay attention to the conjugated verbs. Understanding how verbs are conjugated will help you to drastically improve your fluency!

Voyage à Marseille

« Vous êtes où ? »

Le ton° est énergique. La voix° est mélodieuse. C'est une voix autoritaire mais sympathique. Louis répond :
« Nous sommes à Marseille. »
« Flûte°, pense Melba. Dis° que nous sommes à Vladivostok ! Ou à Pékin... »
« Mais, c'est formidable ! continue la dame énergique. Venez° ! Venez prendre le thé à la maison ! ... Il faut prendre le bus, la ligne huit ... Je vous attends dans une demi-heure !
— Euh... Une seconde... » dit Louis.

ton (m.) : tone, pitch
voix (f.) : voice
flûte ! : drat !
dis ! : say ! (impératif, v. dire)
venez ! : come ! (impératif, v. venir)

Il pose° une main sur le micro du téléphone. Il demande à sa femme :

« Melba, nous sommes invités. Tu es d'accord° ? »

Melba hésite. Elle a un programme pour cet après-midi°. Et elle n'a pas terminé son dessert ! C'est le premier jour des vacances ! Mais la dame, au téléphone, n'attend pas. Clic ! Elle raccroche°.

poser : to put
être d'accord : to agree
cet après-midi : this afternoon
raccrocher : to hang up

Louis est embarrassé°. Il y a un problème. Melba n'est pas motivée. Ils étaient° plus tranquilles avant, pendant° leur voyage à travers° la France, quand les vacances ont commencé, trois jours plus tôt°. Tout a commencé dans le ferry...

embarrassé(e) : embarrassed, bothered
ils étaient : they were (imparfait, v. être)
pendant : during
à travers : through, across
plus tôt : earlier

***

Melba n'aime pas le bateau°. Elle a le mal° de mer. Elle ne se sent° pas bien. Elle reste° dans la cabine. Elle dort. Louis, au contraire, aime beaucoup le ferry. Il va sur le pont° ; il regarde la mer°. Il imagine qu'il est le capitaine. Tout va bien. Cette année, les pirates sont en vacances.

bateau (m.) : boat
avoir le mal de mer : to be seasick
se sentir bien/mal : to feel well/not feel well
rester : to stay
pont (m.) : deck
mer (f.) : sea

Louis réfléchit° au trajet°. Ils vont à Marseille. C'est dans le sud ; il faut traverser° toute la France. Entre° Ouistreham et Marseille, il y a mille kilomètres... C'est un long voyage. Mais ce n'est pas un problème : ils vont rouler° pendant trois jours. Avec la vieille voiture. Tranquillement°, ils vont visiter les châteaux° français, manger au restaurant et dormir à l'hôtel.

réfléchir : to reflect, to ponder, to think
trajet (m.) : way, route
traverser : to cross
entre : between
rouler : to go, to drive
tranquillement : at a leisurely pace
château (m.) : castle

Grâce° aux conseils° de son fils°, Paul, Louis est bien organisé. Par exemple, il a un téléphone portable. Il est très moderne, avec un écran° tactile. Depuis° quelques jours, le téléphone sonne° souvent. Un numéro inconnu° s'affiche°.

grâce à : thanks to
conseil (m.) : piece of advice
fils (m.) : son
écran (m.) tactile : touch screen
depuis : since
sonner : to ring
inconnu(e) : unknown
s'afficher : to appear

Louis regarde. Il voudrait répondre. Mais il ne peut pas allumer° le téléphone. Quand il appuie° sur l'écran, il devient° noir. C'est un écran tactile très spécial.

allumer : to switch on
appuyer : to press
devenir : to become

C'est Paul qui a conseillé° de prendre le portable. Il a dit : « N'oublie° pas ton téléphone. En cas° de problème, c'est très utile. Aujourd'hui, les cabines téléphoniques sont rares. » C'est vrai. C'est une bonne idée. Un téléphone portable est utile. On reste connecté°. Oui, mais... il faut l'allumer.

conseiller : to recommend, to advise
oublier : to forget
en cas de : in case of
connecté(e) : connected

Pendant les vacances, il faut envoyer° des cartes postales. Il faut aussi acheter des cadeaux°. Un ami de Louis, Robert, est amateur de vin. Il a dit : « En France, il faut goûter° un vin exceptionnel : le "Château Bivouac". » Donc Louis doit rapporter° une bouteille de Château Bivouac. Un autre ami, Marshall, adore° les pâtisseries° ; il a dit : « Il faut goûter un gâteau délicieux : le "flan". Il y a du flan° dans toutes les pâtisseries, mais le meilleur est dans un petit village qui s'appelle Fouinac. » Donc Louis doit rapporter du flan en Angleterre°. Il ne faut pas oublier les cadeaux.

envoyer : to send
cadeau (m.) : present
goûter : to taste
rapporter : to bring back
adorer : to love
pâtisserie (f.) : cake, pastry
flan (m.) : baked custard
Angleterre (f.) : England

Encore une fois°, le téléphone sonne. Louis reçoit° un SMS : « Appelle-moi ! W. »

C'est très mystérieux. Qui est W. ? Louis appuie sur l'écran tactile. Tout devient noir. C'est énervant°. Il y a une erreur. Le téléphone est peut-être° en panne°. Plus tard, Louis va demander à Melba. Maintenant, Melba se repose°. De temps en temps°, Louis lui° apporte une tasse de thé.

encore une fois : one more time
recevoir : to receive
énervant(e) : irritating
peut-être : perhaps, maybe
en panne : out of order
se reposer : to rest
de temps en temps : from time to time
lui : (to) her

Après° cinq heures, le ferry arrive en Normandie. Louis et Melba débarquent°. Ils achètent des sandwiches, et la voiture démarre°. La vieille deux-chevaux° doit faire une longue route. Elle a passé une révision au garage. Les pneus°, les freins°, l'huile°... tout est vérifié.

après : after
débarquer : to land, to disembark
démarrer : to start up
deux-chevaux (f.) : Citroën 2 CV
pneu (m.) : tire
frein (m.) : brake
huile (f.) : oil

Il y a aussi le navigateur GPS°. C'est pratique. Comme le téléphone portable, c'est très utile. C'est aussi un conseil de

Paul. Louis est très content. Il aime beaucoup la technologie moderne. Il dit à sa femme : « Tu vas voir : tu n'as pas besoin° de regarder la carte. Il n'y a pas d'erreur possible. J'ai fait un essai° avec Paul la semaine dernière. Nous pouvons voyager les yeux° fermés°. »

navigateur GPS (m.) : sat nav system
avoir besoin de : to need
essai (m.) : test, trial
œil (pl : yeux) : eye
fermé(e) : closed
les yeux fermés : with your eyes closed

Paul a expliqué le fonctionnement du GPS. Ils ont fait un test dans les rues. Louis a conduit° la voiture.

conduire : to drive

Il a écouté les instructions du navigateur. Il est arrivé à toutes les destinations choisies. C'était° une réussite°. Et surtout°, c'était très facile. En France, c'est plus difficile : il faut rouler° à droite°. Louis n'a pas l'habitude°. Heureusement, Melba est là : elle peut faire attention°.

c'était : it was (imparfait, v. être)
réussite (f.) : success
surtout : above all
rouler : to go, to drive
à droite : right hand
avoir l'habitude de : to be used to
faire attention : to pay attention

Louis explique : « C'est très simple. Je programme les destinations intermédiaires : nous passons° par Clermont-Ferrand et Lyon. Nous prenons la route nationale et l'autoroute°. Et maintenant, madame GPS fait tout le travail.
— Madame GPS ?
— Oui, c'est la voix électronique qui dit : "tourner° à droite°, tourner à gauche°, continuer tout droit°, faire demi-tour°"... Je l'appelle "Madame GPS". »

passer par : to go through
autoroute (f.) : motorway, highway

tourner : to turn
à droite : right
à gauche : left
tout droit : straight on
faire demi-tour : to turn around

Melba ouvre° la carte de France. Elle examine le trajet. « Mais... ma chérie ! dit Louis. Tu n'as pas besoin de la carte, tu sais bien. Tu peux te relaxer, admirer le paysage°...
— Oui, mais je veux savoir où nous sommes. J'aime bien suivre° sur la carte. »

Louis est un peu contrarié°. Il veut faire confiance° à madame GPS, les yeux fermés. Mais quand Melba décide quelque chose, on ne peut pas la contredire°.

ouvrir : to open
paysage (m.) : landscape
suivre : to follow
contrarié(e) : vexed
faire confiance à : to trust
contredire : to contradict

Après une heure, Louis propose une pause. Il a faim°. Il voudrait manger un sandwich. Melba est d'accord°. Elle a faim aussi. Justement°, un panneau° annonce° un parking et un café. C'est parfait pour manger les sandwiches. C'est à deux kilomètres. C'est la prochaine sortie°.

avoir faim : to be hungry
être d'accord : to agree
justement : precisely
panneau (m.) : road sign
annoncer : to announce
sortie (f.) : exit

Louis allume le clignotant° et sort°. La route rétrécit° ; la voiture entre dans un bois°. Il n'y a plus de panneaux. Il n'y a ni° parking ni café. C'est un cul-de-sac°. Les deux voyageurs sont dans la nature. Melba dit : « C'est étrange. Tu as pris la mauvaise° sortie ? Il faut faire demi-tour... »

clignotant (m.) : indicator, blinker
sortir : to go out, to leave the road

rétrécir : to shrink
bois (m.) : wood
ni...ni : neither...nor
cul-de-sac (m.) : dead end
mauvais(e) : wrong

Au bout° du chemin°, il y a une cabane°, une sorte de cabane de chasseurs°. Louis propose de rester : « Nous allons pique-niquer. C'est parfait pour manger les sandwiches. » L'endroit° est insolite°, mais Melba est d'accord.

au bout de : at the end of
chemin (m.) : way, path
cabane (f.) : shelter, shed
chasseur (m.) : hunter
endroit (m.) : place
insolite : unusual

Debout° dans l'herbe°, à côté° de la voiture, près° de la cabane des chasseurs, ils mangent leurs sandwiches. Après les sandwiches, Louis annonce : « J'ai acheté aussi un dessert. » Melba demande :
« C'est du flan ?
— Il n'y avait plus de flan, répond Louis. Alors, j'ai acheté des "religieuses"°. C'est une sorte de grande profiterole, avec du pudding au chocolat et une profiterole plus petite sur le dessus°.

debout : standing
herbe (f.) : grass
à côté de : next to
près de : near, close to
religieuse (f.) : cream puff
dessus (m.) : top

— Pourquoi ce nom : "religieuse" ?
— J'ai demandé à la boulangère. Si j'ai bien compris°, c'est parce que le glaçage° rappelle° la couleur de la robe° des religieuses°. »

j'ai compris : I understood (p. composé, v. comprendre)
glaçage (m.) : icing, frosting
rappeler : to remind ; to look like
robe (f.) : dress

religieuse (f.) : nun

Melba ne mange que° la moitié° de sa religieuse. C'est un gros gâteau. Elle n'a plus° faim. Louis mange le reste. Il a bon appétit après le voyage en bateau. « Ma chérie, ce soir, je t'invite au restaurant ! »

ne...que : only
moitié (f.) : half
ne...plus : no more, no longer

Le voyage continue. Ils ont le temps. Ils décident de visiter le château de Chambord. Ils garent° la voiture sur un grand parking. Il y a une foule° de touristes. Dans le château, il y a vraiment beaucoup de monde°. Ils sont serrés° dans la masse ; ils ne voient que les plafonds°. Heureusement, les plafonds sont magnifiques.

garer : to park
foule (f.) : crowd
beaucoup de monde : many people
serré(e) : squeezed
plafond (m.) : ceiling

Après la visite, ils prennent l'autoroute. Maintenant, c'est Melba qui conduit. Il faut prendre un ticket. Elle arrête° la voiture au péage°. Elle prend un ticket. Sur l'autoroute, il y a beaucoup de circulation°. Heureusement, c'est dimanche. Il n'y a pas de camions°.

arrêter : to stop, to halt
péage (m.) : tollbooth
circulation (f.) : traffic
camion (m.) : lorry, truck

Le téléphone sonne. C'est une petite musique monotone. Louis ne reconnaît° pas son téléphone. Il demande : « Qu'est-ce que c'est ? Ils jouent de la musique sur les autoroutes, maintenant ?
— C'est ton téléphone portable.
— Mon téléphone ? Encore ? Qui peut m'appeler ? C'est une erreur.

— C'est peut-être Paul. »

reconnaître : to recognize

Louis cherche dans ses affaires°. Dans la boîte° à gants, il trouve son téléphone portable. Mais c'est trop tard° : il ne sonne plus. Il veut rappeler° Paul. Il appuie sur l'écran, mais le téléphone ne fonctionne pas. « Zut° ! dit Louis. Comment ça fonctionne ? Ces écrans tactiles sont vraiment spéciaux. Tu connais le système ?

affaires (f. pl.) : belongings
boîte (f.) à gants : glove compartment
trop tard : too late
rappeler : to call back
zut ! : drat !

— Je crois qu'il faut "balayer"° à gauche et à droite, dit Melba.
— C'est ça ! Balayer ! Et moi j'appuie tout le temps. Alors... Je balaye. Zut ! Maintenant, il est éteint°. Il faut le rallumer°... Et maintenant, il faut un PIN. Qu'est-ce que c'est, un PIN ?
— C'est un code personnel.
— Un code personnel ? Je n'ai pas de code personnel. Qu'est-ce que je fais ?
— Louis ! Je me concentre sur la route... Tu as oublié ton code ? »

balayer : to swipe
éteindre : to turn off
rallumer : to turn back on

Louis tape° des codes au hasard°. Ils sont tous refusés°. Melba propose l'année de naissance° de Louis : un...neuf...quatre...cinq... Refusé ! 1945° n'est pas le bon° code.

taper : to type
au hasard : at random
refuser : to deny
naissance (f.) : birth
1945 : mille neuf cent quarante-cinq
bon(ne) : correct, proper

« Dommage, c'était une bonne idée… Essaye l'année de naissance de Paul. » Un…neuf…sept…six… 1976°… Ce n'est pas le bon code non plus°.

1976 : mille neuf cent soixante-seize
non plus : neither

Louis réfléchit°. Il se demande : « Quel° est le numéro le plus simple, le plus logique ? »

Il essaye° : un…deux…trois…quatre… C'est correct ! C'est le bon code. « Melba ! C'était 1, 2, 3, 4. C'était simple ! C'est un code magnifique. Et maintenant, je compose° le numéro de Paul. »

réfléchir : to reflect, to ponder, to think
quel(le) : which
essayer : to try (out), to test
composer : to dial

Une voix d'enfant répond : « Allô ? » Le petit garçon a trois ou quatre ans maximum. Louis est content : « C'est mon petit-fils ! Bonjour, mon petit ! … C'est ton grand-père… C'est moi… Tu me reconnais ? » Mais… Clic ! L'enfant raccroche°.

raccrocher : to hang up

Cinq minutes plus tard, le téléphone sonne encore une fois. C'est sûrement Paul. Louis balaye l'écran avec le doigt°. Ça marche° ! Il dit :
« Allô ? Paul ? C'est toi… ? Non… ? Qui c'est… ? Ce n'est pas Paul ?… »
Louis parle très fort°. Melba pense° : « C'est typique ! Au téléphone, il croit° qu'il faut parler fort. »

doigt (m.) : finger
marcher : to work
fort (adv.) : loudly
penser : to think
croire : to believe

« Ah ! continue Louis. C'est toi ! C'est incroyable ! Comment tu as trouvé mon numéro ?… Par Paul ? Ah, bien sûr… ! C'est

toi qui appelles depuis° quelques jours ? Le téléphone ne fonctionnait pas... Enfin, je ne balayais pas... Et je cherchais mon PON ! Pardon, PIN ! Ah, ah ! ... Quelle surprise... !
— Moins° fort ! souffle° Melba.

depuis : since, for
moins : less
souffler : to whisper

— Allô ? Allô ?... Je n'entends pas très bien... Nous sommes sur la route. Nous arrivons dans les montagnes... Nous sommes en France... Ah ? Toi aussi ? C'est incroyable !... Nous allons à Marseille... Tu habites à Marseille ?... Non !... Mais, bien sûr, nous arrivons après-demain°. C'est formidable !... Oui... Oui... Oh !... D'accord !... Oui, eh bien ! Alors°, à bientôt... ! Au revoir... ! Zut ! Comment on éteint° ce téléphone... ? Il faut balayer en bas° ou en haut° ?
— Qui c'était ? demande Melba.
— C'était Wanda, ma chérie. Quelle surprise ! »

après-demain : the day after tomorrow
alors : then, well
éteindre : to switch off
en bas : at the bottom
en haut : on the top

Il explique que Wanda est une ancienne° petite amie°. Il l'a connue° quand il était jeune. Ils se sont quittés° bons amis. C'était il y a° trente ans.

ancien(ne) : former
petit(e) ami(e) (m./f.) : boy/girl friend
il a connu : he has known (p. composé, v. connaître)
se quitter : to part, to separate (here : p. composé)
il y a : ago

« Elle est venue° à notre mariage. Tu te souviens° ? Elle est partie à l'étranger°. Et nous avons perdu° contact. Après des années, elle appelle ! Elle habite à Marseille ! C'est incroyable, non ? »

il/elle est venu(e) : he/she came (p. composé, v. venir)
se souvenir : to remember

à l'étranger : abroad
nous avons perdu : we have lost (p. composé, v. perdre)

Melba est sceptique : « Nous allons passer nos vacances avec ton ex-femme ?
— Mais non, ma Melba chérie... Nous allons bavarder° une heure, c'est tout°. Et ce n'est pas mon ex-femme. C'était une petite amie.
— Oui, oui... Bon ! Cela° ne me dérange° pas. »

bavarder : to chatter, to talk
c'est tout : that's all
cela : it, this
déranger : to bother, to disturb

Louis raconte : Wanda est énergique et extravagante. Sa vie° est mouvementée°. C'est une aventurière, une femme d'action. Aujourd'hui, elle est mariée. Son mari° est historien. Il prépare une conférence sur la vie de Wanda. Pour cela, il a besoin du témoignage° de Louis. Il voudrait le rencontrer. Justement, Louis et Melba vont à Marseille pour les vacances. C'est une occasion parfaite.

vie (f.) : life
mouvementé(e) : eventful
mari (m.) : husband
témoignage (m.) : testimony ; account

Melba n'est pas très contente. Elle n'aime pas modifier le programme de ses vacances. Elle aime bien la tranquillité, la régularité. Cela lui donne un sentiment° de sécurité. Mais pour faire plaisir° à Louis, elle accepte.

sentiment (m.) : feeling
faire plaisir à : to please

Pour changer de sujet, elle demande : « Où est-ce que nous dormons, cette nuit ? Je propose de quitter° l'autoroute et de chercher une auberge° à la campagne°. C'est plus tranquille. » Louis est d'accord. Il programme le GPS. Ils vont prendre la dernière sortie avant° Clermont-Ferrand.

quitter : to leave
auberge (f.) : inn
campagne (f.) : countryside
avant : before

Il est content. C'est amusant de revoir Wanda. Ils vont parler du passé°. Ils vont raconter° des souvenirs°. Ils ont des choses° à dire. Comment est-elle ? Elle a sûrement changé. Louis a changé aussi. Leur dernière rencontre était... C'était quand, déjà ? Il y a°... trente ans ! Ils vont faire une interview ! Le mari de Wanda prépare une conférence...

passé (m.) : past
raconter : to tell
souvenir (m.) : memory
chose (f.) : thing
il y a : ago

Melba n'est pas ravie°. Elle n'aime pas les imprévus°. Elle n'aime pas le dérangement°. Rencontrer des inconnus° pendant les vacances, cela fait désordre°. Cette personne était bien où elle était. Intérieurement, Melba décide que la rencontre sera° courte°. Ils bavarderont° une heure. Ensuite, elle fera° un signe discret à Louis. Ils diront° merci et au revoir.

ravi(e) : delighted, pleased
imprévu (m.) : unforeseen event
dérangement (m.) : disturbance
inconnu(e) : unknown (person)
faire désordre : to be out of place
il/elle sera : he/she will be (futur, v. être)
court(e) : short
bavarder : to talk (here : future tense)
elle fera : she will do (futur, v. faire)
ils diront : they will say (futur, v. dire)

« C'est amusant, Melba ! On va parler de moi dans une conférence !

— Oui... C'est amusant. »

Maintenant, il faut quitter l'autoroute. Il faut payer une redevance°. On arrive au péage. Melba prépare le ticket. Elle demande des pièces° de monnaie à son mari.

Louis s'exclame° : « De la monnaie ! Mais, ma chérie ! Ça n'existe plus, dans notre monde moderne. De la monnaie ! Ah ! Ah ! Tu sais bien, j'ai ma nouvelle carte de crédit. Je l'ai commandée° pour notre voyage en France. Les machines françaises utilisent des cartes à puce° spéciales. Elles fonctionnent avec un code confidentiel... Un... comment... PIN !

redevance (f.) : toll fee
pièce (f.) de monnaie : coin
s'exclamer : to exclaim
commander : to order
carte à puce (f.) : chip card

— Encore un code !
— Justement ! Cette carte fonctionne sans° code pour le péage sur les autoroutes ! Pas de code, donc° c'est plus rapide. »

Il cherche° la carte dans son portefeuille° : « Tiens°, c'est plus pratique que les pièces de monnaie. » Mais Melba refuse : « Je préfère les pièces. Je n'ai pas confiance° dans ta carte. Avec les technologies modernes, les téléphones portables, les tablettes, les ordinateurs, l'Internet, les GPS... Il y a toujours des problèmes ! »

sans : without
donc : so, therefore
chercher : to look for
portefeuille (m.) : wallet
tiens ! : look !
avoir confiance dans : to have confidence in

Derrière° la voiture, les autres automobilistes klaxonnent°. Ils s'impatientent°. « Vite, Melba ! C'est très simple. Le banquier m'a expliqué. Tu mets° la carte dans la machine. La machine débite° le montant. Tu reprends° la carte. C'est tout.
— Il y a de la monnaie dans mon sac... »

derrière : behind
klaxonner : to beep, to honk
s'impatienter : to lose patience
mettre : to put

débiter : to debit
reprendre : to take back

Louis soupire°. Il ouvre le sac de Melba : « C'est vraiment dommage. Une si belle carte à puce toute neuve... »

Mais la monnaie ne fonctionne pas : c'est de la monnaie britannique. Finalement, il faut utiliser la carte à puce.

soupirer : to sigh

Le voyage continue. Le paysage devient montagneux. Madame GPS dit : « Sortir à droite. » Melba met le clignotant. La voiture quitte la route principale. Il est cinq heures du soir. Ils ont assez° roulé. C'était une journée fatigante°, après le voyage en bateau.

assez : enough
fatigant(e) : tiring

Ils suivent° une petite route de campagne. Le paysage est vallonné°. Tout est vert est tranquille. Ils roulent longtemps le long° d'une rivière°, dans l'ombre° d'une vallée°.

suivre : to follow
vallonné(e) : hilly
le long de : along
rivière (f.) : river
ombre (f.) : shade, shadow
vallée (f.) : valley

Louis est ravi : « Je pourrais° rouler des heures comme ça ! La campagne est belle. » Mais Melba s'inquiète° : comment trouver un hôtel dans cette région perdue ?

je pourrais : I could (conditionnel, v. pouvoir)
s'inquiéter : to be worried

« Il est déjà tard. Et nous n'avons pas de réservation...

— Tu n'es pas contente de te promener à la campagne ? Ne t'inquiète pas, Melba. Nous ne sommes pas dans le désert d'Australie. Nous allons trouver un hôtel. C'est l'aventure ! »

Mais pour Melba, il y a un problème : si le premier hôtel est complet, il faut en° chercher un deuxième. Si le deuxième est complet aussi, il faut en chercher un troisième, et un quatrième... Ils risquent la panne° d'essence. À la campagne, il n'y a pas beaucoup de stations-service°.

en : of them (pron. used with expressions of quantity)
panne d'essence (f.) : panne d'essence
station-service (f.) : petrol station, gas station

Louis trouve que Melba exagère°. Ce n'est pas la haute saison. Tous les hôtels ne sont pas complets. Mais il connaît Melba : quand elle est fatiguée, elle s'inquiète facilement°. Un panneau annonce une "auberge-château". C'est à un kilomètre. Louis dit, enthousiaste : « Un château, c'est magnifique ! J'aime bien cette idée. Ma chérie, je t'offre° une nuit° dans un château ! »

exagérer : to exaggerate
facilement : easily
offrir : to give, to offer
nuit (f.) : night

Plus loin, il y a un autre panneau : il faut tourner à gauche. La route est très sinueuse°. Elle monte° vers° le haut de la montagne. Plus haut encore, un vieux château apparaît° au milieu° des arbres°.

sinueuse : sinuous, winding
monter : to go up(hill)
vers : toward
apparaître : to appear
au milieu de : among
arbre (m.) : tree

Après vingt minutes, les deux voyageurs arrivent à l'auberge. Il y a une dame très aimable à la réception. Une chambre double est disponible. Elle coûte° quatre-vingt-cinq euros. Contents et soulagés°, les deux voyageurs réservent la chambre. Melba pense : « C'est un peu cher, mais il est tard, et je n'ai pas envie° de reprendre la route. »

coûter : to cost
soulagé(e) : relieved
avoir envie de : to feel like

Louis pense : « Ce n'est pas très cher, pour une nuit dans un château. Nous avons de la chance° ! » Ils entrent dans un grand hall. Les murs° en pierre° sont vieux. Les plafonds sont très hauts°. Il n'y a pas beaucoup de lumière°. Melba pense : « C'est un peu sinistre°. »

avoir de la chance : to be lucky
mur (m.) : wall
pierre (f.) : stone
haut(e) : high
lumière (f.) : light
sinistre : gloomy

Louis pense : « C'est magique ! C'est comme° dans un film au cinéma. » La chambre est grande aussi. Les meubles° sont démodés° : il y a un lit à baldaquin° et une grande armoire° noire.

comme : as, like
meuble (m.) : piece of furniture
démodé(e) : old-fashioned
baldaquin (m.) : canopy
armoire (f.) : cupboard

Des tableaux° représentent des scènes de chasse° à courre. Il y a aussi une salle de bains, avec une grande baignoire° bleue et deux lavabos°. Les deux Anglais s'installent°. Ils prennent une douche. Après, ils descendent° pour dîner.

tableau (m.) : painting
chasse à courre : fox-hunting
baignoire (f.) : bath, bathtub
lavabo (m.) : sink
s'installer : to settle
descendre : to go down

La salle à manger est une pièce° immense°. Il y a une trentaine° de tables. Le couvert° est mis ; tout est prêt° pour les clients. Mais il n'y a personne. Melba pense : « Eh bien ! C'est gai° ! Il n'y a pas un chat°... »

pièce (f.) : room
immense : vast, huge
trentaine (f.) : about thirty
couvert (m.) : place setting
mettre le couvert : to set the table
prêt(e) : ready
gai(e) : joyful, cheering
pas un chat : not a dickie bird

Louis pense : « Quel privilège, cette grande salle ! Nous sommes les premiers. Les Français dînent tard. » Après un bon dîner – salade, poisson et crème brûlée – les voyageurs, fatigués, se couchent°.

se coucher : to go to bed

Le lendemain matin, Louis ouvre les volets°. De la fenêtre, la vue est romantique. Le soleil se lève° sur les collines°. Le ciel° est rose. Un brouillard° flotte° dans la vallée. On voit loin°. Louis demanda à Melba si elle a bien dormi.

volet (m.) : shutter
se lever : to rise (sun)
colline (f.) : hill
ciel (m.) : sky
brouillard (m.) : fog, mist
flotter : to float, to drift
loin : far

Elle répond : « Pas très bien, sur ce vieux matelas° à ressorts° ! Et toi ?
— Eh bien, moi, j'ai dormi comme un loir° ! C'est ça, la vie de château. Regarde cette vue féerique° ! »

matelas (m.) : mattress
ressort (m.) : spring
loir (m.) : dormouse

dormir comme un loir : to sleep like a log
féerique : enchanting

Après le petit-déjeuner, Louis veut appeler Paul. Il voudrait donner des nouvelles°, dire que le voyage se passe° bien. Il balaye une fois et compose le numéro. Maintenant, il a l'habitude. Il imagine un autre téléphone qui sonne, loin, en Angleterre. À des centaines° de kilomètres, une voix de petit garçon répond : « Allô ?

— Bonjour, mon garçon ! C'est Papy... ! Allô... ? Tu me reconnais... ? Allô... ? Tu es là... ? Je voudrais parler à ton papa... » Clic ! Le petit garçon raccroche°.

nouvelle (f.) : piece of news
bien se passer : to go off well
centaine (f.) : hundred
raccrocher : to hang back up

Le voyage continue. Le soir° arrive très vite. La voiture entre dans une zone urbaine. C'est une grande agglomération. De nouveau°, il faut trouver une chambre d'hôtel. Ce n'est pas facile : ici, le réseau° routier est très compliqué. Heureusement, il y a le navigateur GPS : il peut proposer des listes d'hôtels. Mais lequel° choisir ? Il y a beaucoup d'adresses. Louis et Melba préfèrent les petites auberges familiales et sympathiques, les chambres d'hôte° accueillantes. Ici, les hôtels sont grands et ultramodernes.

soir (m.) : evening
de nouveau : once again
réseau routier (m.) : road network
lequel (laquelle) : which one
chambre d'hôte (f.) : guestroom

Ils choisissent un hôtel près de l'autoroute. Il est climatisé° et insonorisé°. C'est un bâtiment moderne, en forme de cube. L'accueil° est froid : il n'y a personne°. Ils attendent quelques minutes. Personne ne vient. Finalement, ils comprennent : il faut réserver la chambre sur une machine automatique. Melba n'aime pas les machines automatiques : « Dans quel monde° on vit° ! Il n'y a personne à l'accueil des hôtels. Il faut utiliser des cartes, des codes, des machines... »

climatisé(e) : air-conditioned
insonorisé(e) : soundproof
accueil (m.) : reception, welcome
ne...personne : nobody
monde (m.) : world
vivre : to live

Louis est calme : « Ne t'inquiète° pas, Melba. Je fais tout le nécessaire. Les technologies modernes, c'est facile... Heureusement, j'ai ma carte de crédit ! Regarde, c'est facile. Tu mets la carte dans la machine, tu tapes ton code, tu choisis une chambre double avec salle de bains, tu appuies sur OK. C'est simple comme bonjour. La machine débite le montant. Regarde ! J'ai déjà le code de la chambre. C'est la chambre 210B, au deuxième étage°.

s'inquiéter : to be worried (here : impératif)
ne t'inquiète pas : don't worry
étage (m.) : floor

— Nous sommes seuls° ! Il n'y a pas un seul être humain° à qui parler. Je crois que ce n'est pas une bonne idée. Partons° !
— Mais, Melba, c'est trop tard... J'ai déjà payé. »

seul(e) : alone
être humain (m.) : human being
partons ! : let's go away ! (impératif, v. partir)

Ils montent° à la chambre. Dans le couloir° stérile°, sous la lumière au néon°, Louis pense : « C'est vrai. Ce n'est peut-être pas une bonne idée. C'est lugubre°. Et c'est trop cher... Le château était plus romantique. »

monter : to go up(stairs)
couloir (m.) : corridor, hallway
stérile : sterile
néon (m.) : neon lighting
lugubre : gloomy

Heureusement, la chambre est propre° et lumineuse, petite mais confortable. Melba se rassure°. Elle pense : « Bon, c'est inhumain°, c'est vrai. Mais c'est moins sinistre que le château hanté°... »

propre : clean
se rassurer : to reassure oneself
inhumain(e) : inhuman
hanté(e) : haunted

Les draps° sentent° bon. Dans la petite salle de bains, il y a tout le confort nécessaire : des serviettes°, du savon°, du shampooing et un sèche-cheveux° électrique.

drap (m.) : bed sheet
sentir : to smell
serviette (f.) : towel
savon (m.) : soap
sèche-cheveux (m.) : hairdryer

Après une bonne nuit, les deux voyageurs se sentent° reposés°. Mais il n'y a pas de petit-déjeuner. Louis propose de partir sans manger. Ils trouveront° un bistrot ou une boulangerie.
En chemin°, ils s'arrêtent° devant une boulangerie. Louis met le clignotant à gauche ; il se gare° à droite. Zut ! Il confond° la droite et la gauche ! Il demande à Melba d'acheter du flan, et Melba sort de la voiture.

se sentir : to feel
reposé(e) : well-rested, recharged
ils trouveront : they will find (futur, v. trouver)
en chemin : on the way
s'arrêter : to stop, to halt
se garer : to park
confondre : to confuse, to get (sth) mixed up

Elle entre dans la boulangerie. Il y a différents pains sur les étagères° et des viennoiseries° derrière° une vitrine°. La boulangère est une dame très âgée°. Melba dit bonjour et demande du flan.

étagère (f.) : shelf
viennoiserie (f.) : pastry
derrière : behind

vitrine (f.) : show case
âgé(e) : old

« Je suis désolée, dit la dame, mais nous ne faisons pas de flan. Pour ça, il faut aller à la pâtisserie. Mais quand même°, nous avons des croissants, des pains au chocolat, des feuilletés° à la framboise°, des sablés°, des palmiers°, des diplomates°...
— Qu'est-ce qu'un "diplomate" ?

quand même : even though
feuilleté (m.) : puff pastry
framboise (f.) : raspberry
sablé (m.) : shortbread biscuit
palmier (m.) : small biscuit
diplomate (m.) : trifle (dessert)

— C'est un gâteau fabriqué avec des croissants rassis°, du beurre°, des œufs°, du lait°, des raisins° secs...
— Alors, je vais prendre un diplomate, pour goûter°, deux croissants et deux pains au chocolat.
— Vous allez voir, c'est très bon. »

rassi(e) : stale
beurre (m.) : butter
œuf (m.) : egg
lait (m.) : milk
raisin sec (m.) : raisin, sultana
goûter : to taste

La dame met les différents pains et le diplomate dans un sachet° en papier. Avec une calculatrice°, elle fait une addition : « Voyons°... Combien de pains au chocolat ? » Elle compte° avec le doigt. « Un, deux... Ça fait un euro quatre-vingt-dix. Et combien de croissants ?

sachet (m.) : small bag
calculatrice (f.) : calculator
voyons : let's see, let's have a look (impératif, v. voir)
compter : to count, to add up

— Deux, dit Melba.

— Ah, oui ! Un ... deux. » Elle tape sur sa calculatrice et dit : « Voilà, madame. Ça fait trois euros trente, s'il vous plaît.
— Vous oubliez le diplomate...
— Ah ! Mais oui ! Je ne suis pas réveillée°, ce matin. Alors, combien j'ai dit° ?
— Trois euros trente, dit Melba.
— Plus le diplomate, à un euro cinquante, cela fait, voyons... Tape, tape... Quatre euros quatre-vingts. » Melba paye, dit merci, au revoir, et retourne à la voiture.

réveillé(e) : awake
j'ai dit : I said (p. composé, v. dire)

Et la voiture redémarre°. Un peu plus tard, ils s'arrêtent devant° un bistrot. Ils s'installent à une table et commandent du thé et du café. Ils mangent avec appétit. Les pains au chocolat, les croissants et le diplomate sont délicieux. Par contre°, le thé n'est pas très bon.

redémarrer : to restart
devant : in front of
par contre : however

Un monsieur, à la table d'à côté°, termine justement son café. Il salue et dit aimablement° : « J'entends que vous parlez anglais. Vous n'êtes pas d'ici°. Vous savez°, en France, pour boire du bon thé, il faut aller dans un "salon de thé". On ne boit pas souvent° de thé dans les cafés.

d'à côté : next
aimablement : kindly
d'ici : from around here
savoir : to know
souvent : often

— Oh ! Merci du conseil.
— De rien°. Vous êtes en vacances ? »
Pour Louis, c'est une occasion de pratiquer son français. Il répond joyeusement :
« Vous allez à Marseille !
— Moi ? Non ! » dit le monsieur, étonné°.

de rien : you're welcome

étonné(e) : surprised

Melba intervient° : « Mon mari veut dire° : *nous* allons à Marseille. Louis, tu confonds° *nous* et *vous*.
— Ah ! C'est frais°.
— C'est *vrai*°.
— Et vous appréciez les croissants ? demande le monsieur.

intervenir : to intervene, to speak
vouloir dire : to mean
confondre : to confuse, to get (sth) mixed up
frais (fraîche) : fresh
vrai(e) : true

— Oui, dit Louis. Beaucoup ! Ils sont délicieux, et aussi les ponts en chocolat, le diplôme... Nous aimons aussi le vent° ! Le vent français est très célèbre.
— Ah ? Le mistral° aussi ?
— Ah ? La miss Tralossi ?
— Mon mari veut parler du *vin*, dit Melba. Il aime beaucoup le vin français. Louis, tu confonds les voyelles nasales *en* (comme dans *France*) et *in* (comme dans *demain*).

vent (m.) : wind
mistral (m.) : mistral (wind)

— Ah ! Oui, bien sûr ! Vous êtes amateurs de vin, dit le monsieur. Je comprends.
— Mais attention à la bois° de gueule ! Ah ! Ah ! continue Louis, qui ne comprend pas.
— Ah ! Ah ! »

Après cette agréable conversation, Louis et Melba retournent à leur voiture. Pensif°, Louis se demande : « La miss Tralossi est peut-être une viticultrice° célèbre... ? »

avoir la gueule de bois : to have a hangover
pensif : wondering, thinking
viticulteur (m.), viticultrice (f.) : wine-grower

Encore une fois, il voudrait appeler Paul. Il compose le numéro sur son portable.

« Allô ? Bonjour, mon petit ! Encore toi ! Zut... ! Je veux dire : Salut !... Comment ça va ?... C'est Papi !... Allô... ? Ton papa est là, s'il te plaît°... ? » Clic ! Le petit garçon raccroche.
« Mais enfin ! dit Louis. Pourquoi Paul ne répond pas au téléphone ?
— Tu peux envoyer un SMS ? »

Malheureusement, Louis ne sait pas envoyer des SMS. Il ne sait pas dans quel° sens° balayer...

s'il te plaît : please (informal)
quel (quelle) : which
sens (m.) : direction, way

Petit à petit°, le paysage change. Dans les villes et les villages, l'architecture change aussi. Les toits° des maisons changent de couleur. Les pierres et les arbres aussi. Il commence à faire chaud°. À midi, ils seront° à Marseille !

petit à petit : little by little
toit (m.) : roof
faire chaud : to be hot
ils seront : they will be (futur, v. être)

Pendant que Louis conduit, il reçoit un SMS. Melba prend le portable et lit le message. C'est Paul qui écrit : « Alors ? Comment ça va ? Vous êtes arrivés à Marseille ? » Louis demande à Melba de répondre, mais Melba n'a pas l'habitude : « Quand je balaye à droite, j'arrive dans le répertoire°. Quand je balaye à gauche, j'arrive à l'accueil°. Je ne comprends pas... » Louis décide d'attendre. Paul va peut-être rappeler.

répertoire (m.) : directory
accueil (m.) : home page

Marseille. Le voyage se termine ! Mais dans la grande ville, c'est comme dans un tourbillon° : il y a une foule de voitures, une circulation infernale° et du bruit° partout°. Les automobilistes klaxonnent ; les piétons° marchent sur la route... Louis n'a pas l'habitude. À Londres, il utilise les transports publics.

tourbillon (m.) : whirl, hurly-burly
infernal(e) : infernal, maddening
bruit (m.) : noise
partout : everywhere
piéton (m.) : pedestrian

Comment trouver une place de parking ? Ce n'est pas facile. C'est dangereux. Louis roule à gauche. Melba crie° « à droite ! » plusieurs fois°. Enfin, dans une petite rue, ils garent° la voiture. Soulagés, ils sortent. Malheureusement, il pleut ! Louis et Melba n'ont pas de parapluie°. Ils arrivent sur la place du marché°. Il y a des stands et des marchands. Ils vendent beaucoup de choses différentes. Il y a même° un marchand de parapluies.

crier : to shout
plusieurs fois : several times
garer : to park
parapluie (m.) : umbrella
place du marché : market square
même : even

Louis examine les parapluies. Le marchand, un jeune homme de trente ans, fait une démonstration pour lui. Il propose un parapluie très moderne. Il y a un bouton°. Il faut appuyer sur le bouton pour° ouvrir et fermer le parapluie.

bouton (m.) : button
pour : in order to

Malheureusement, le jeune homme parle très vite et Louis ne comprend pas tout : « *Çuila est super-pratique. Yah un bouton, là. Vouzapuyez, éssassouvrotomatikment. Ensuitattention ! Iforappuyer sul bouton poul plier. Evoupoussez surlehô du parapluie poul fermer.* * »

*Celui-là° est super pratique. Il y a un bouton, là. Vous appuyez°, et ça s'ouvre° automatiquement. Ensuite°, attention ! Il faut rappuyer sur le bouton pour le plier°. Et vous poussez° sur le haut du parapluie pour le fermer.

celui-là (celle-là) : this one
appuyer : to press
s'ouvrir : to open
ensuite : then
plier : to fold

pousser : to push

Le marchand répète la manipulation. Avec les gestes, Louis comprend le fonctionnement du parapluie. « *Noubliépad' rappuyer sul' bouton... Non ! Pacomm'çamécomm'ça...** »

*N'oubliez pas de rappuyer° sur le bouton... Non, pas comme ça... Mais comme ça...

rappuyer : to press again

Louis essaye° encore une fois. Le parapluie fonctionne très bien. Il paye et remercie le marchand. « *Vouss' répadéçus. Ségaranti-yavi**. »

*Vous ne serez° pas déçus°. C'est garanti à vie°.

essayer : to try
vous serez : you will be (futur, v. être)
déçu(e) : disappointed
garanti(e) à vie : guaranteed for life

Plus loin, Louis dit à Melba : « C'est incroyable ! Une phrase° en français, c'est comme un seul mot° très long. En tout cas°, il est sympathique, ce marchand. »

phrase (f.) : sentence
mot (m.) : word
en tout cas : in any case

Ils décident de passer la journée tranquillement et d'appeler Wanda le lendemain°. Pendant une heure, le couple se promène° dans les rues. La ville a beaucoup de charme, et il y a beaucoup de choses à voir : des belles architectures, des belles places, des belles vitrines°...

le lendemain : the next day
se promener : to go for a walk
vitrine (f.) : shop window

Maintenant, il ne pleut plus, le soleil brille°. Louis appuie sur le bouton et referme son parapluie. Ils visitent le port° ; ils admirent les bateaux. Ils s'installent à la terrasse d'un restaurant. Ils n'ont pas mangé depuis° le petit-déjeuner. Ils ont très faim. Louis commande une bouillabaisse°. Melba commande une ratatouille et une tarte au fromage de chèvre°. C'est intéressant de goûter les spécialités locales. Louis utilise son pain pour finir la sauce : « Les Français font comme ça. Maintenant, mon assiette° est propre. »

briller : to shine
port (m.) : port, harbour
depuis : since
bouillabaisse (f.) : fish soup
fromage de chèvre : goat's cheese
assiette (f.) : plate

Pour le dessert, Louis choisit une tarte à la fleur d'oranger. Melba commande un gratin° de pêches°. Tout à coup, le téléphone sonne. Louis cherche son téléphone dans sa poche. Il répond. C'est Wanda ! Louis met le haut-parleur°. Ils écoutent.

gratin (m.) : crumble
pêche (f.) : peach
haut-parleur (m.) : loudspeaker

Wanda demande : « Vous êtes où ? » Le ton est énergique. La voix est mélodieuse. C'est la voix d'une femme autoritaire mais sympathique. Louis répond : « Nous sommes à Marseille. »
« Flûte, pense Melba. Dis plutôt que nous sommes à Vladivostok... ! Ou à Pékin... »
« Mais, c'est formidable ! continue la dame énergique dans le téléphone. Venez ! Nous allons prendre le thé à la maison ! La maison est près° de Marseille, dans un quartier° qui s'appelle "Maison Rouge". Il faut prendre le bus, la ligne huit. Laissez° votre voiture. C'est trop difficile avec la circulation. Je vous attends dans une demi-heure !

près de : near
quartier (m.) : area, district
laissez : leave (impératif, v. laisser)

— Euh... Une seconde... » dit Louis.

Il pose° une main sur le micro du téléphone. Il demande à sa femme : « Melba, nous sommes invités. Tu es d'accord ? »

Melba hésite. Elle a un programme pour cet après-midi. Et elle n'a pas terminé son dessert ! Mais la dame, au téléphone, n'attend pas. Elle raccroche.

poser : to put, to lay

Melba n'est pas très contente. Elle préfère visiter la ville, se promener avec son mari et rencontrer l'ex-femme (enfin, l'ex-petite amie) de Louis un autre jour. Louis est embarrassé. Il demande :
« Qu'est-ce que je dois° faire, Melba ? Je rappelle° pour refuser ? Je dis que tu es malade° ?

devoir : to have to, must
rappeler : to call back
malade : sick, ill

— Non... Ça va ! dit Melba. Zut ! Allons-y° ! Nous allons trouver le bus, la ligne huit. Nous allons trouver le quartier "Maison rouge". C'est simple, n'est-ce pas ?
— D'accord, ma chérie ! Nous allons faire cette visite aujourd'hui. Après, nous serons° tranquille pour le reste des vacances... et pour le reste de notre vie !
— Nous prenons le thé et nous ne restons° qu'une heure au maximum, d'accord ?
— Oui, c'est promis. »

allons-y ! : let's go then !
nous serons : we will be (futur, v. être)
rester : to stay

Un passant° aimable explique où trouver l'arrêt° du bus. Ils achètent des tickets et prennent la ligne huit. Vingt minutes plus tard, ils descendent dans le quartier "Maison Rouge". C'est un quartier résidentiel, très différent du centre-ville ; il y a des belles villas, des jardins exotiques, des piscines° privées...

passant (m.) : passerby
arrêt (m.) du bus : bus stop
piscine (f.) : swimming pool

Il est temps° d'appeler Wanda. Justement, le téléphone sonne. « J'allais° t'appeler, Wanda, dit Louis. Nous sommes arrivés. Nous sommes dans ton quartier...

— Parfait ! répond Wanda. Ne bougez° pas, j'arrive. Ne restez pas au soleil°. Il fait trop chaud. Attendez sous° un arbre°. »

il est temps de : it is time to
j'allais : I was going (imparfait, v. aller)
ne bougez pas : don't move
au soleil : in the sun
sous : under
arbre (m.) : tree

Alors, les deux voyageurs attendent sur le trottoir, sous un arbre. Un quart d'heure passe. Melba est de mauvaise humeur°. Elle fait les cent pas°. Louis est amusé ; il pense à Wanda : « Elle n'a pas changé, hé, hé ! » Le quartier est calme. De temps en temps°, une voiture passe. Un passant demande poliment :
« Vous êtes perdus ? » Louis répond : « Merci, c'est très gentil, mais nous attendons quelqu'un. »

être de mauvaise humeur : to be in a bad mood
pas (m.) : step, pace
faire les cent pas : to pace up and down
de temps en temps : from time to time

Enfin, au bout° de la rue, une dame élégante arrive. Elle a environ soixante ans. Elle est grande et assez° forte°. Elle marche avec dynamisme. Son allure° est fière°. Elle n'est pas seule° : un monsieur âgé est avec elle. « Voilà Wanda ! dit Louis. Je la reconnais. Et le monsieur est sûrement son mari. »

au bout de : at the end of
assez : rather
fort(e) : corpulent, stout
allure (f.) : look, appearance

fier (fière) : proud
seul(e) : alone

De loin°, elle appelle ; elle fait de grands gestes : « Ou-ouh... ! Ou-ouh... ! Nous sommes là ! Venez... ! Venez... ! » Les deux Anglais traversent° la route. Les salutations commencent. Wanda ouvre les bras° avec chaleur° ; elle embrasse° les deux voyageurs sur les joues°.

de loin : from a distance
traverser : to cross
bras (m.) : arm
avec chaleur : warmly
embrasser : to kiss
joue (f.) : cheek

Louis est ravi. Il aime beaucoup les embrassades° françaises. Melba sourit° avec réserve°. Elle n'est pas habituée au contact de joues inconnues° sur son visage°.

embrassade (f.) : hugging and kissing
sourire : to smile
avec réserve : cautiously
inconnu(e) : unknown, unfamiliar
visage (m.) : face

Wanda demande joyeusement : « Vous allez bien ? Vous avez fait un bon voyage ? Ce n'était pas trop long ?
— Oui, commence Louis, nous avons...
— Oh ! Oh ! Oh ! Ah ! Ah ! Comme tu as changé ! Tu es vieux, maintenant ! Hi, hi ! Comme moi ! Je suis une vieille dame... Mais qu'est-ce que tu fais avec ce parapluie ? » Louis explique :
« Il pleuvait° quand nous sommes arrivés. J'ai acheté un...
— Ah ! » Elle n'écoute pas et fait un geste vers le monsieur : « Je vous présente Albert. »

il pleuvait : it was raining (imparfait, v. pleuvoir)

Le monsieur est très discret et réservé. Il dit bonjour et serre° la main à la ronde°. « Enchanté ! » dit Louis avec bonheur. Wanda continue : « Vous n'avez pas de valise° ?

Bon ! Eh bien ! Ne restons pas plantés° sur le trottoir. Venez ! Nous allons prendre le thé à la maison. »

serrer la main : to shake hands
à la ronde : around
valise (f.) : suitcase
rester planté(e) : to stand rooted to the spot

Elle marche vite, avec entrain° ; Louis, Melba et le monsieur marchent derrière elle. Louis pense, amusé : « Elle n'a vraiment pas changé ! »

Avec de grands gestes, Wanda présente le quartier, elle nomme° les voisins° : « Voici la maison de monsieur et madame Juques. Ils repeignent° la façade°. Ces échafaudages° ne sont pas très jolis.... Monsieur et madame Lebert n'entretiennent° pas leur jardin... Regardez ces arbres mal° taillés°... C'est vilain° ! »

avec entrain : with enthusiasm
nommer : to name, to mention
voisin (m.) : neighbour
repeindre : to repaint
façade (f.) : frontage, facade
échafaudage (m.) : scaffolding
entretenir : to maintain, to look after
mal (adv.) : poorly, badly
tailler : to trim, to prune
vilain(e) : ugly

Après quelques minutes, le monsieur discret tousse°. Il ouvre un petit portail° et entre dans un jardin : « Je dois rentrer. Au revoir ! » Très vite, il disparaît° derrière les arbres. « Salut, Albert ! dit Wanda en français. À bientôt ! » Louis est très étonné, il demande : « Ton mari ne vient pas avec nous ?

tousser : to cough
portail (m.) : portal, gate
disparaître : to disappear

— Oh... ! Hi ! Hi ! Ce n'est pas mon mari. C'est un voisin. Nous avons causé° quelques minutes sur le trottoir. C'est pourquoi je suis un peu en retard°, excusez-moi ! Je l'ai invité à venir vous dire bonjour. Entre nous... » Elle baisse° la voix : « C'est un admirateur°. Hi ! Hi ! Il me fait la cour°. C'est un grand délicat, un romantique. »

causer : to chat, to talk
en retard : late
baisser : to lower
admirateur (m.) : admirer
faire la cour : to court, to woo

Enfin, Wanda s'arrête devant une grande maison avec des volets rouges. Elle ouvre un petit portail ; ils entrent dans un jardin magnifique. Un peu plus loin, un jardinier° taille des rosiers°. Il y a des grands arbres et des milliers° de fleurs... Ils suivent° une allée° et arrivent devant une grande et belle maison. Wanda ouvre la porte et dit : « Asseyez-vous° dans le salon. Je vais préparer le thé. » Elle disparaît dans une autre pièce.

jardinier (m.) : gardener
rosier (m.) : rosebush
millier (m.) : thousand
suivre : to follow
allée (f.) : path
asseyez-vous : please sit down (impératif, v. s'asseoir)

Louis et Melba attendent dans un salon lumineux. Ils n'osent° pas s'asseoir. Dans la pièce, un homme élégant fait le ménage°. Son allure° est raide°. Son expression est sérieuse. Melba et Louis ne sont pas sûrs : c'est peut-être le mari de Wanda ? Ils n'osent pas demander.

oser : to dare
faire le ménage : to do the cleaning
allure (f.) : look, appearance
raide : stiff, rigid

Avec beaucoup de respect et de courtoisie°, le monsieur dit bonjour et continue naturellement son travail. Avec un chiffon° et un vaporisateur°, il époussette° une commode°. Finalement, ce n'est peut-être pas le mari...

courtoisie (f.) : courtesy
chiffon (m.) : dustcloth
vaporisateur (m.) : spray

épousseter : to dust
commode (f.) : chest of drawers

Timidement, les deux Anglais regardent autour d'eux°. La décoration est simple mais raffinée° : il y a un grand vase et un bouquet° de fleurs sur une table ronde, des chaises en osier°, des fauteuils, un canapé blanc, un grand tapis° bleu. Le tout est moderne et confortable. Il y a aussi une cheminée°, une grande porte-fenêtre° qui donne° sur le jardin.

autour d'eux : around them
raffiné(e) : refined, sophisticated
bouquet (m.) : bouquet, bunch
osier (m.) : wicker
tapis (m.) : carpet
cheminée (f.) : fireplace
porte-fenêtre (f.) : French window
donner sur : to give onto

Après quelques minutes, la maîtresse de maison° revient° avec un plateau°. « Asseyez-vous ! Ne restez pas debout ! » Elle pose des tasses, une théière°, du sucre et du lait sur une table basse°. Les invités s'assoient.

maîtresse de maison (f.) : lady of the house
revenir : to come back
plateau (m.) : tray
théière (f.) : teapot
table basse (f.) : coffee table

Wanda fait un geste vers le monsieur et explique :
« Voici Bertrand, mon employé° de maison. Il rend de grands services°. C'est une perle° !
— Merci, Madame. Madame est trop aimable°.
— C'est vrai, Bertrand. Qu'est-ce que nous ferions° sans vous ? Mon mari est rarement à la maison. Et j'ai encore beaucoup d'obligations. Dans cette grande maison, il y a beaucoup de travail...
— Enchanté, monsieur Bertrand », dit Louis.

employé (m.) de maison : member of domestic staff
rendre des services : to be helpful

qqn est une perle : sb is an angel
aimable : kind
nous ferions : we would do (conditionnel, v. faire)

Wanda sert° le thé et s'assoit. Affectueusement°, elle pose une main sur l'épaule° de Melba. « Je suis heureuse de faire votre connaissance°, chère amie !
— Tout le plaisir est pour moi, répond Melba aimablement.
— Vous devez être fatigués ! Ce long voyage en voiture ! » Elle offre des petits biscuits et ajoute : « Pourquoi n'avez-vous pas pris l'avion° ? C'est plus rapide et moins stressant°. »

servir : to serve
affectueusement : affectionately
épaule (f.) : shoulder
faire la connaissance de qn : to make sb's acquaintance
avion (m.) : plane
stressant(e) : stressful

Louis prend un biscuit et explique : « Melba a peur° de l'avion...
— De toute façon, dit Melba, ce n'est pas un problème. Nous avons roulé seulement quatre heures par jour. Ce n'était pas fatigant. » Elle refuse les biscuits : « Non, merci.
— Vous faites un régime° ?
— Oui, euh... Non. Enfin...

avoir peur de : to be scared, afraid of
faire un régime : to be on a diet

— Vous avez raison°. Vous êtes belle et mince°. Moi, j'ai quelques kilos en trop°. Mais j'aime la bonne cuisine ! Et les bons gâteaux ! Ah ! Ah ! » Melba sourit, un peu flattée°. Wanda demande avec enthousiasme : « Alors ? Mon cher° Louis, ma chère Melba. Qu'est-ce que vous êtes devenus° ? Qu'est-ce que vous faites dans la vie ? Racontez-moi tout ! »

avoir raison : to be right
mince : slim
en trop : too much
flatté(e) : flattered
cher (chère) : dear
devenir : to become (here : p. composé)

Louis résume° son parcours°. Il parle de son travail, de leur maison dans la banlieue° de Londres°, de la naissance° de Paul, leur fils, et de la naissance de leur petit-fils. Ce n'est pas facile de raconter trente ans de vie ! Il explique aussi que, depuis° qu'ils sont à la retraite°, ils voyagent beaucoup. Quand ils sont en France, Louis perfectionne son français. C'est très amusant.

résumer : to summarize, to sum up
parcours (m.) : career
banlieue (f.) : suburb
Londres : London
naissance (f.) : birth
depuis que : since
être à la retraite : to be retired

Melba participe à la conversation, mais avec réserve°. Cette grande femme énergique est sympathique, finalement. Elle demande poliment : « Et vous ? Qu'est-ce qui vous a amenée° en France ? »

avec réserve : cautiously
amener : to bring (here : p. composé)

Wanda explique qu'elle a rencontré Édouard en Afrique. C'était il y a douze ans. Il faisait° une conférence pour un salon° agricole°. Il est originaire° de Marseille. Alors°, après le mariage, ils sont venus° habiter en France.

il faisait : he was doing (imparfait, v. faire)
salon (m.) : exhibition
agricole : agricultural
originaire de : native of
alors : so, then
ils sont venus : they came (p. composé, v. venir)

— Justement, je suis content de rencontrer ton mari. Il rentre bientôt ?
— Il rentre pour le dîner. Et... Bien sûr, vous dînez avec nous, n'est-ce pas ? »

Oups ! Ce n'était pas prévu. Louis regarde sa femme, perplexe°. Melba voulait° rester une heure maximum. Une soirée° entière, c'est très long. Comment faire ? Louis doit parler avec le mari de Wanda. Ils ne peuvent pas partir avant. Melba ne veut pas être impolie°. Elle dit simplement : « Nous ne voulons pas vous déranger°...

perplexe : puzzled
elle voulait : she wanted (imparfait, v.vouloir)
soirée (f.) : evening
impoli(e) : rude
déranger : to bother, to disturb

— Mais vous ne nous dérangez pas ! Au contraire° ! Je suis si contente de vous voir. S'il vous plaît°, Melba ! Acceptez... ! »
Melba hésite : « Il est tard, et nous devons chercher un hôtel ou une chambre d'hôte.
— Oh ! Mais il y a une solution ! C'est tellement° simple ! Vous pouvez dormir chez nous. Une chambre d'amis° est prête°. Il y a tout le nécessaire ! »

au contraire : on the contrary
s'il vous plaît : please (formal)
tellement : so, so much
chambre d'amis : guest room
prêt(e) : ready

Melba est interloquée°. Dîner, c'est beaucoup. Rester toute la nuit, c'est trop. Comment sortir de cette situation ? Elle réfléchit. Bien sûr, il y a la valise ! Elle explique à Wanda que la valise est restée dans la voiture ; et la voiture est restée dans le centre-ville. Ils doivent partir, parce qu'il faut récupérer° la voiture !

interloqué(e) : taken aback, dumbstruck
récupérer : to recover, to get back

« Ce n'est pas un problème, dit Wanda. Bertrand va récupérer votre voiture. C'est tout simple. N'est-ce pas°, Bertrand ?
— Tout à fait°, madame ! » répond Bertrand.

n'est-ce pas ? : isn't it ?
tout à fait ! : absolutely !

Tout à coup°, Louis proteste : « Non, Wanda ! C'est très gentil, mais il n'est pas question de déranger Bertrand ! Je vais partir en bus. Je vais récupérer la voiture et la valise moi-même°.
— Bien sûr° ! dit Melba. Nous ne voulons pas déranger votre collaborateur. Il a sûrement des choses plus importantes à faire. Je pars avec mon mari...

tout à coup : suddenly
moi-même : myself
bien sûr ! : of course!

— Mais non, voyons ! dit Wanda. C'est le métier° de Bertrand. Il peut récupérer votre voiture. Et de plus°, il aime beaucoup les excursions, n'est-ce pas, Bertrand ?
— Parfaitement, madame, répond Bertrand avec beaucoup de respect.
— Alors, où est la voiture... ? »

métier (m.) : job, profession
de plus : furthermore, moreover

Les deux Anglais ne peuvent plus protester. Ils expliquent que la deux-chevaux est garée dans une petite rue, dans le centre-ville, non loin d'une grande place. C'est la place du marché. « De quelle couleur est la voiture ? » demande Wanda. Louis répond qu'elle est orange. Bertrand pose son chiffon° et son vaporisateur : « Je ramène° votre voiture dans trente minutes !
— Excellent ! dit Wanda. Merci, Bertrand, vous êtes formidable ! »

chiffon (m.) : dustcloth
ramener : to bring back

Louis cherche les clés° de la deux-chevaux dans sa poche. Il les° donne° à Bertrand. Le grand homme raide prend les clés, remercie et sort. Wanda, heureuse, se lève : « Maintenant, je vous montre° votre chambre ! » Elle guide° ses invités dans un large° escalier°.

clé (f.) : key
les (pron. obj.) : them
donner : to give
montrer : to show
guider : to guide, to lead
large : wide
escalier (m.) : stairs

En chemin°, Louis admire une belle galerie de tableaux°. Au premier étage, ils arrivent sur un grand palier° lumineux. Wanda ouvre une porte et présente une belle chambre, avec un grand lit, des tableaux sur les murs, des beaux tapis et des fauteuils. Il y a aussi un balcon avec des plantes exotiques. Louis est ravi. Il s'émerveille° comme un petit garçon. Melba est plus réservée, mais aussi de plus en plus séduite°. La maison a beaucoup de charme.

en chemin : on the way
tableau (m.) : painting
palier (m.) : landing (of a staircase)
s'émerveiller : to be amazed
séduit(e) : charmed

« Et maintenant, nous allons visiter le jardin... Ma chère Melba ! Vous aimez les roses ? J'ai une magnifique collection de rosiers° anglais. » En effet, Melba adore° les roses. Elle a une aussi collection de rosiers dans son jardin, à Londres. Ils redescendent° donc° les escaliers et sortent dans le jardin. Ils admirent des arbres centenaires°, des plantes exotiques et, bien sûr, la collection de rosiers.

rosier (m.) : rosebush
adorer : to love
redescendre : to go down again
donc : so, therefore
centenaire : hundred-year-old

Enfin, Wanda regarde sa montre°. C'est bientôt l'heure du dîner. Elle doit rentrer à la maison et préparer le repas°. Elle dit à ses invités qu'ils peuvent se promener dans le jardin ou se reposer° sur la terrasse. Il y a du jus° d'orange, des magazines... Ils peuvent aussi écouter de la musique dans le salon.

montre (f.) : watch
repas (m.) : meal
se reposer : to rest
jus (m.) : juice

Louis et Melba protestent. Ils veulent aider la maîtresse de maison. Ils veulent faire la cuisine aussi. « Mais non, voyons ! Reposez-vous ! Mon mari, Édouard, rentre bientôt. Vous allez faire la conversation avec lui. C'est un homme charmant ! Si gentil° ! Si intelligent ! » Elle rentre à la maison, et le couple reste seul dans une allée du jardin.

gentil(le) : kind

Ils s'assoient à la terrasse. Mais, après quelques minutes, ils décident de retourner dans le jardin. Melba voudrait admirer les plantes aromatiques. Il y a, en particulier, une nigelle° aux fleurs extraordinaires.

nigelle (f.) : black cumin

Pendant que Melba admire les belles fleurs de la nigelle, Louis siffle° une chanson. Il est très content. C'est une belle journée. Sa femme est détendue°. Tout se passe° bien. Wanda est très sympathique, et elle prépare un bon dîner... Plus tard, ils vont faire une interview avec Édouard...

siffler : to whistle
détendu(e) : relaxed
bien se passer : to go off well

Mais ses pensées° sont interrompues° : il entend quelqu'un marcher° dans l'allée. Un monsieur élégant arrive. Il porte° un costume gris et des chaussures vernies°. Il marche vite. Son visage a une expression sérieuse. Il a même l'air° très mécontent°. Encore loin, il appelle : « Monsieur... ! Madame... ! Ceci est une propriété privée... ! Vous n'avez pas le droit°... ! »

pensée (f.) : thought
interrompu(e) : interrupted
marcher : to walk

porter : to wear
verni(e) : polished
avoir l'air : to seem, to look
mécontent(e) : discontented
avoir le droit : to have the right

Louis et Melba restent interloqués. La situation est très embarrassante. Mais Melba reprend ses esprits° et explique poliment, en français : « Oh ! Euh... Vous êtes certainement monsieur... Enfin, euh... le mari de... euh... Wanda ! Nous avons le plaisir de bavarder avec votre femme...
— Vous connaissez ma femme ? »

reprendre ses esprits : to snap out of it

Mais il n'attend pas la réponse. Il laisse° les deux visiteurs et continue vers la maison. Le dos° tourné, il grommelle° : « Ma femme invite toujours des gens que je ne connais pas ! » Embarrassés, inquiets°, les deux Anglais attendent. Tout à coup, Melba explose° : « C'est scandaleux ! Accueillir° ainsi les gens ! Quelle grossièreté° ! Quelle honte° ! »

laisser : to leave
dos (m.) : back
grommeler : to mutter
inquiet (inquiète) : worried
exploser : to burst out
accueillir : to greet, to welcome
grossièreté (f.) : rudeness
honte (f.) : shame

Quelques minutes plus tard, le monsieur revient. Cette fois, il a l'air beaucoup plus sympathique. Il a même une expression désolée°. Il fait un geste d'impuissance° : « Bienvenue ! Chère madame ! Cher monsieur ! Je suis confus° ! Je suis Édouard, le mari de Wanda... »

désolé(e) : sorry, regretful
impuissance (f.) : helplessness
confus(e) : embarrassed

Il serre la main des deux visiteurs. « Wanda m'a tout expliqué. Vous êtes le mari, enfin l'ex-mari ! Je suis vraiment confus...
— Je suis l'ex-petit ami. Wanda et moi n'étions° pas mariés... » Mais Édouard n'écoute pas ; il prend les mains de Melba : « Toutes mes excuses, chère madame. » Et il ajoute chaleureusement : « J'espère° que vous avez fait bon voyage. Vous venez de loin...

nous étions : we were (imparfait, v. être)
espérer : to hope

— Oui. Nous venons d'Angleterre. De Londres, plus exactement, dit Melba, un peu sèchement°.
— Mais, je vous en prie°, allons sur la terrasse ! Nous allons prendre l'apéritif. »

sèchement : coldly
je vous en prie : please

Sur la terrasse, Édouard apporte° des verres° et différents apéritifs. Il propose : « Vin blanc, vin rouge, whisky, pastis, Cointreau, Porto... Qu'est-ce que vous prenez, chère madame ?
— Un simple verre d'eau, s'il vous plaît. Je ne bois pas d'alcool.

apporter : to bring
verre (m.) : glass

— J'ai aussi du jus d'orange, si vous préférez.
— Alors, d'accord. Un verre de jus d'orange, merci.
— Et vous, monsieur ?
— Qu'est-ce que c'est, le pastis ? demande Louis.
— C'est une spécialité du sud, une boisson° rafraîchissante° à l'anis°.
— Je crois que tu n'aimes pas l'anis, Louis, intervient Melba. C'est très fort°. Le goût° est particulier.

boisson (f.) : drink
rafraîchissant(e) : refreshing
anis (m.) : anise

à l'anis : aniseed
fort(e) : strong
goût (m.) : taste, flavour

— Oh, non ! Ce n'est pas très fort, dit Édouard. Je peux vous préparer un très petit verre pour goûter, si vous voulez.
— D'accord, merci », dit Louis. Édouard sert les boissons et propose des glaçons°. Il continue poliment la conversation : « Vous parlez très bien français, Louis. C'est admirable ! Où avez-vous appris° ?

glaçon (m.) : ice cube
vous avez appris : you have learnt (p. composé, v. apprendre)

— Vous êtes gentil, mais mon français est désastrou.
— *Désastreux*, Louis.
— Pas du tout. Vous parlez mieux français que moi l'anglais. Je parle seulement un peu d'espagnol et un peu de japonais. » Il se sert° un whisky.

se servir qqch : to pour oneself sth

« Vraiment ? demande Louis. Vous parlez japonais ?
— Oui. Mes parents ont habité pendant quelques années au Japon quand j'étais petit. Mon père était diplomate... Vous savez, beaucoup de Français croient qu'ils parlent bien l'anglais. Mais ils ont un accent terrible ! Et ils n'ont pas honte°. Ils continuent de parler, comme si° tout était normal.

avoir honte : to be ashamed
comme si : as if

— Et ils ont raison°, dit Melba. L'important est de communiquer, d'échanger°. Tant pis° pour l'accent et les fautes° !
— C'est vrai, répond Édouard. Beaucoup d'étrangers n'osent pas parler. Ils ont peur° de se tromper°. C'est dommage. Heureusement, vous n'avez pas peur de parler, vous !
— Moi, je n'ai pas peur des fêlures°, dit Louis. Santé° ! » Et il lève son verre.

avoir raison : to be right
échanger : to exchange
tant pis : never mind
faute (f.) : mistake
avoir peur de : to be afraid of
se tromper : to make a mistake
fêlure (f.) : crack
santé ! : cheers !

Ils trinquent°. Louis pense : « Quel après-midi agréable ! Je suis content. Wanda a un mari très sympathique. Et il parle japonais ! C'est un homme admirable ! »

Melba s'ennuie° un peu. Elle pense : « Avec un peu de chance, nous pouvons partir tôt demain matin... »

trinquer : to clink glasses
s'ennuyer : to be/to get bored

« Vous pouvez dire quelque chose en japonais ? demande Louis, curieux.
— Certainement. *Jinsei wa kaze ni kyandorudesu.*
— Oh ! C'est comme avec le marchand de parapluie ! Et qu'est-ce que ça veut dire° ?
— "La vie est une bougie° dans le vent". C'est un proverbe° japonais. »

vouloir dire : to mean
bougie (f.) : candle
proverbe (m.) : proverb

Édouard demande à ses invités s'ils ont fait des visites intéressantes pendant le voyage. Louis raconte : « Nous avons visité le château de Chambord. Mais, mon Dieu ! Il y avait une folle° terrible. Il était impossible de voir le château.
— Vraiment ? Une folle au château de Chambord ?
— Oui. Nous avons admiré seulement le plafond.
— Mon mari veut dire : une *foule*°. Il y avait beaucoup de monde.
— Ah ! Je comprends... Oui, ce célèbre château attire° beaucoup de visiteurs. C'est un problème. »

fou (m.), folle (f.) : mad person
foule (f.) : crowd
attirer : to attract

Tout à coup, la voix de Wanda résonne° dans la maison. Elle appelle ses invités. Le dîner est prêt. Tout le monde se lève.

Dans la salle à manger, la grande table est royalement° décorée° : des assiettes en porcelaine°, des verres en cristal, un énorme bouquet de fleurs, une nappe° en dentelle°, des couverts° en argent°... Wanda porte une robe différente. Elle est très élégante. Elle indique leur place à ses invités.

résonner : to resound
royalement : majestically, regally
décoré(e) : decorated
porcelaine (f.) : porcelain
nappe (f.) : tablecloth
dentelle (f.) : lace
couvert (m.) : cutlery
argent (m.) : silver

Tout le monde s'assoit. Il y a des hors-d'œuvre° et différentes entrées°. De temps en temps, Wanda se lève et apporte des nouveaux plats°.

hors-d'œuvre (m.) : starter, appetizer
entrée (f.) : first course
plat (m.) : dish

On parle français parce qu'Édouard ne comprend pas l'anglais. « C'est *délichieux*, dit Louis. J'adore les dettes° !

dette (f.) : debt

— Ce sont des *dattes*°, Louis », corrige Melba. Elle demande à la maîtresse de maison :
« Comment les avez-vous préparées ?
— Eh bien, vous ouvrez° une datte, vous mettez un morceau° de fromage et vous l'enroulez° dans une tranche° de jambon fumé°. C'est tout simple.

datte (f.) : date (fruit)
ouvrir : to open
morceau (m.) : piece, bit
enrouler : to wrap
tranche (f.) : slice
jambon fumé (m.) : smoked ham

— Ce fromage est fabuleux.
— C'est du fromage de brebis°.
— Et ces fruits, là ?
— C'est du melon°, avec des feuilles° de coriandre° et du vinaigre° balsamique.

fromage de brebis (m.) : sheep's milk cheese
melon (m.) : melon
feuille (f.) : leaf
coriandre (f.) : coriander
vinaigre (m.) : vinegar

— Et ces graines°, là ?
— Ce sont des pois chiches°, marinés° dans une sauce de soja, avec du jus de citron°, du miel° et du cumin°.
— C'est délicieux. Ce sont des spécialités locales ?
— Non. Ce sont mes recettes personnelles. J'invente° beaucoup.

graine (f.) : seed
pois chiche (m.) : chickpea
mariné(e) : marinated
jus de citron (m.) : lemon juice
miel (m.) : honey
cumin (m.) : cumin
inventer : to invent

— D'habitude°, c'est Bertrand qui prépare les repas ?
— Non, répond Édouard. C'est toujours ma femme qui fait la cuisine. Elle adore cuisiner. C'est une excellente cuisinière. »

d'habitude : usually, normally

Chaque plat est un univers à explorer°. Maintenant, Wanda apporte le premier plat de résistance° : du poisson avec des courgettes°, des carottes et une sauce au safran°.

« Oh ! Mais je n'ai plus faim... », dit Melba. « Je pensais° que le repas était terminé... »

explorer : to explore
plat de résistance (m.) : main course
courgette (f.) : zucchini
safran (m.) : saffron
je pensais : I thought (imparfait, v. penser)

Un peu plus tard, un deuxième plat de résistance arrive. « Oh ! Mais c'est incroyable, crie Louis. Vous mangez comme ça tous les jours ? »

C'est un filet mignon, avec des endives° et des gnocchis maison°.

« Vous avez fait les gnocchis vous-même ? » demande Melba. « C'est sûrement très difficile. »

endive (f.) : chickory
maison (adj.) : homemade

Wanda explique qu'elle fait les gnocchis elle-même, avec des pommes de terre et de la farine° de châtaigne°, et ce n'est pas très difficile.

farine (f.) : flour
châtaigne (f.) : chestnut

Pendant le repas, Édouard remplit° les verres de vin blanc, de vin rouge... Les verres ne restent jamais° vides° longtemps. Sauf pour Melba, qui ne boit que de l'eau gazeuse. Déjà, il ouvre la troisième bouteille. Louis est très joyeux. Melba prévient° :
« Louis, tu bois un peu trop !
— J'adore le vent ! dit Louis. J'ai toujours adoré le vent. Sortez° ! » Les autres rient et répondent : « Santé ! »

remplir : to fill (up)
ne...jamais : never
vide : empty
prévenir : to warn
sortez ! : get out !

Wanda change les assiettes ; elle apporte° encore un plateau de différents fromages, de la salade et du pain° frais. « Comme si j'avais° encore faim », pense Melba.

apporter : to bring
pain (m.) : bread
j'avais : I had (imparfait, v. avoir)

Enfin, le dessert arrive. Édouard ouvre une bouteille de vin de Sancerre. Louis est aux anges° : « Vous avez de la chance, vous les Français. Vous buvez, vous buvez, et vous n'êtes jamais soûls°. Vous mangez, vous mangez, et vous ne grossissez° jamais ! Ah ! Ah ! Comment vous faites ? C'est incroyable... Mmmmh ! Ce dessert est *délichieux*. Qu'est-ce que c'est ?

être aux anges : to be beside oneself with joy
soûl(e) : drunk
grossir : to put on weight

— C'est un tiramisu aux fruits exotiques et à la fleur d'oranger.
— Oh ! Mais tu ne me dérangez° pas.
— Non ! *D'o-ran-ger*. Le parfum des fleurs... Bref ! J'ai modifié la recette du vrai tiramisu.
— Ma femme est très inventive°, dit Édouard. Je l'adore.
— C'est faux° ! Je veux dire° : c'est fou° ! Wanda, tu es un champignon !
— Une championne°, tu veux dire », répond Wanda avec un sourire.

déranger : to disturb, to bother
inventif (-ive) : inventiv, creative
faux : false
vouloir dire : to mean
fou (folle) : crazy
champion(ne) : champion

Tout à coup, Melba s'étonne° : « Mais... Wanda ! Comment avez-vous préparé ce repas extraordinaire en une heure° ? Je ne peux pas le croire.
— J'ai l'habitude, vous savez. Ce n'est pas difficile. »

Édouard explique : « Ma femme est une magicienne. Elle cuisine vite et bien !
— Vous êtes extraordinaires, vous, les Français... » dit Louis.

s'étonner : to be surprised
en une heure : in an hour

L'horloge sonne douze fois° : il est minuit°. Le temps passe vite quand on a de belles surprises. Édouard propose un digestif°.

douze fois : twelve times
minuit : midnight
digestif (m.) : after-dinner liqueur

Mais Melba refuse poliment : « Je crois que c'est assez. Merci infiniment, mais maintenant, nous allons nous coucher. Nous sommes très fatigués. N'est-ce pas, Louis ? C'était une longue journée.
— Oui, c'est vrai, dit Louis à contrecœur°. Merci beaucoup, Wanda. Et merci à vous, Édouard. Mais... Au fait°... Et votre conférence, Édouard ? Nous n'avons pas parlé de votre projet !

à contrecœur : unwillingly, grudgingly
au fait : by the way

— Ah ! Ça ? Oh ! Ce n'est pas grave. Je ne fais pas de conférence, finalement. Je préfère écrire un roman°. Le livre est déjà commencé. C'est un roman biographique : la vie de Wanda est si romanesque° ! Et comme il est écrit du point de vue° unique de Wanda, je n'ai pas besoin° de votre témoignage°, Louis. Enfin, une ou deux questions suffisent°. Nous pouvons en° parler demain matin.

roman (m.) : novel
romanesque : fantastic, fanciful
point de vue (m.) : viewpoint
avoir besoin de : to need
témoignage (m.) : account
suffire : to be enough
en (pron.) : about it

— Ah ! Bon... D'accord, dit Louis, un peu déçu°.
— Vous allez retrouver° le chemin de votre chambre ? demande Wanda.
— Je pense que oui, répond Melba. Mais... Au fait...Et notre valise ?
— Oh ! C'est vrai... dit Wanda, surprise. Bertrand voulait° rentrer° après trente minutes. Il n'est pas là ? Édouard, tu n'as pas vu° Bertrand ?

déçu(e) : disappointed
retrouver : to find again
il voulait : he wanted (imparfait, v. vouloir)
rentrer : to return home
tu as vu : did you see (p. composé, v. voir)

— Non, je pensais° qu'il t'avait appelée.
— Je n'ai pas de nouvelles depuis cet après-midi. C'est vraiment bizarre.
— Mon Dieu ! C'est inquiétant°, dit Melba.
— Ce n'est pas grave°, ma chère Melba. Venez. Je vous prête° le nécessaire. Tout est dans la chambre. »

je pensais : I thought (imparfait, v. penser)
inquiétant(e) : worrisome, troubling
grave : serious
ce n'est pas grave : it's not so bad
prêter : to lend

Sans valise et sans nouvelles de Bertrand et de la voiture, les deux invités sont inquiets. Pourtant, ils suivent Wanda dans les escaliers et entrent dans la chambre. Dans la salle de bains, il y a des brosses à dents°, du dentifrice°, du savon, du shampooing, des serviettes de bain, des peignoirs°. Il y a tout le nécessaire. Dans l'armoire de la chambre, il y a des pyjamas et des couvertures°.

brosse à dent (f.) : toothbrush
dentifrice (m.) : toothpaste
peignoir (m.) : robe
couverture (f.) : blanket, cover

« Demain matin, je peux vous prêter un autre tailleur°, Melba, si vous voulez. Bonne nuit, dormez bien ! »

Elle se retourne° encore devant la porte : « Et ne pensez pas à la voiture, ni à Bertrand. Tout sera° réglé° demain matin. Bertrand résout° toujours les problèmes. Et il n'y a pas de problème, bien sûr ! » Elle ferme la porte. Louis et Melba restent seuls dans la chambre.

tailleur (m.) : woman's suit
se retourner : to turn around
tout sera : everything will be (futur, v. être)
réglé(e) : settled, resolved
résoudre : to solve, to resolve

Melba est très inquiète. Elle fait les cent pas°. Son mari la rassure° : « Ne t'inquiète° pas, ma chérie. Ce monsieur Bertrand sera rentré demain matin. Je suis sûr qu'il est en bonne santé°.
— Et la voiture ! Et notre valise ! Toutes nos affaires° sont dedans°. Et si la voiture est volée° ? Cassée° ? Comment allons-nous rentrer à la maison, en Angleterre ?

faire les cent pas : to pace up and down
rassurer : to reassure
s'inquiéter : to be anxious, worried
être en bonne santé : to be in good health
affaires (f. pl.) : belongings
dedans : inside
volé(e) : stolen
cassé(e) : broken

— Voyons, Melba. Comme tu es agitée°. Tu es si calme, d'habitude. Si nous perdons la voiture, nous rentrons en avion, tout simplement. Ce n'est pas la fin° du monde°. Allons au lit°. Demain, tout sera expliqué.
— Pourquoi ce monsieur Bertrand n'appelle pas ? Ce n'est pas normal ! »

agité(e) : restless
fin (f.) : end
monde (m.) : world
aller au lit : to go to bed

Dans le lit, Louis réfléchit. Il n'est pas inquiet pour la voiture et la valise. Il pense que le problème sera réglé demain. Mais il est un peu déçu : il n'y a plus de conférence. Son témoignage n'est plus nécessaire. C'est dommage. Il aimait l'idée de contribuer, même modestement, à une conférence.

Pendant la nuit, Melba ne dort pas très bien. Elle se réveille° souvent. Elle bouge° beaucoup. Enfin, c'est le matin. Le soleil se lève. Les oiseaux° chantent. Une nouvelle journée commence.

se réveiller : to wake up
bouger : to move
oiseau (m.) : bird

Après la toilette°, le couple descend à la cuisine. C'est une belle et grande cuisine, moderne, avec des murs jaunes, une cuisinière° électrique, un grand réfrigérateur° et une fenêtre qui donne sur le jardin. Wanda est déjà là. Un tablier° autour° de la taille°, elle fait des crêpes. Un parfum sucré° flotte° dans la pièce.

toilette (f.) : washing up
cuisinière (f.) : stove
réfrigérateur (m.) : refrigerator
tablier (m.) : apron
autour de : around
taille (f.) : waist
sucré(e) : sweet
flotter : to float

« Vous avez bien dormi ?
— J'ai un peu la bois° de gueule, dit Louis, mais j'ai très bien dormi.

avoir la gueule de bois : to have a hangover

— Et vous, Melba ?
— Pas très bien, malheureusement. J'étais inquiète.
— Naturellement ! Je suis désolée pour vous. Mais je peux vous rassurer, maintenant. Bertrand est rentré cette nuit°. La

voiture est là, en sécurité, et la valise aussi. Ce n'est pas merveilleux ?

cette nuit : tonight

— Oh ! Quelle bonne nouvelle° ! Où est Bertrand ? Nous devons le remercier.
— J'ai donné un jour de congé° à Bertrand, aujourd'hui. Il a eu° une nuit fatigante°. Il est rentré chez lui. Il se repose. » Elle retourne° une crêpe dans la poêle°. « Vous prenez du thé, du café, du jus d'orange ? J'espère que vous aimez les crêpes. Je fais souvent des crêpes pour le petit-déjeuner. »

nouvelle (f.) : piece of news
jour de congé (m.) : day off
il a eu : he has had (p. composé, v. avoir)
fatigant(e) : tiring
retourner : to turn over
poêle (f.) : frying pan

Melba se laisse° tomber° sur une chaise, soulagée°. « Je bois du café, s'il vous plaît. J'ai besoin d'un remontant°. » Louis préfère le thé. Wanda allume la machine à café et la bouilloire°. Elle pose une théière, des tasses, des assiettes et des couverts sur un plateau.

se laisser : to let oneself
tomber : to fall (down)
soulagé(e) : relieved
remontant (m.) : tonic
bouilloire (f.) : kettle

Hop ! une nouvelle crêpe : elle verse° une louche° de pâte° liquide dans la poêle chaude. Tous ses gestes sont légers et précis. Elle raconte :
« Quand Bertrand est arrivé dans la petite rue, il n'a pas trouvé la voiture. Il a cherché partout°.

verser : to pour
louche (f.) : ladle
pâte (f.) : batter
partout : everywhere

— Ce n'est pas possible ! dit Melba.
— Il a demandé à un commerçant s'il avait vu° une deux-chevaux orange. Effectivement, le commerçant avait vu la voiture. Elle a été° transportée à la fourrière°. Alors, Bertrand est allé à la gendarmerie.
— Mon dieu ! »

s'il avait vu : if he had seen (p.-que-parfait, v. voir)
elle a été : she has been (p. composé, v. être)
fourrière (f.) : impound

Le thé et le café sont prêts. Wanda pose la théière et la cafetière sur le plateau. Elle donne le plateau à Louis : « Tiens, Louis. Va dans la salle à manger avec Melba, et mets le plateau sur la table, s'il te plaît. J'apporte les crêpes. »

Louis et Melba s'assoient dans la salle à manger. Maintenant, la table est parfaitement rangée° et propre°. Il est impossible d'imaginer qu'un repas de fête a eu lieu° ici la veille°.

rangé(e) : orderly, tidy
propre : clean, neat
avoir lieu : to take place (here : p. composé)
la veille : the day before

Wanda arrive avec une assiette de crêpes fumantes° et un pot° de confiture. Elle s'assoit avec ses invités et continue son récit :
« Il y avait beaucoup de monde° à la gendarmerie, et Bertrand a attendu° très longtemps. Deux heures ! Malheureusement, la voiture n'était pas là. C'était une erreur. Elle était à la police municipale.
— Ce n'est pas possible ! dit Melba.

fumant(e) : steaming
pot (m.) : jar
beaucoup de monde : many people
il a attendu : he has been waiting (p. composé, v. attendre)

— Pauvre° Bertrand ! dit Louis.

— Oui ! Le pauvre, il a préféré ne pas appeler. Il ne voulait pas nous déranger et gâcher° notre belle soirée. Quelle gentille attention° !
— Nous sommes confus°. Il aurait dû° appeler, tout de même°.
— Ne vous inquiétez pas. De toute façon°, nous ne pouvions° rien faire. La seule solution était d'attendre. Et il a attendu encore trois heures à la police.
— Oh !

pauvre : poor
gâcher : to spoil, to ruin
attention (f.) : kind thought
confus(e) : embarrassed
il aurait dû : he should have (conditionnel passé, v. devoir)
tout de même : despite everything
de toute façon : anyway
nous pouvions : we could (imparfait, v. pouvoir)

— Oui, là aussi, il y avait un monde° fou... Prenez des crêpes ! Votre café va refroidir°, ma chère Melba... »
Melba est trop choquée° pour boire et manger. Elle demande :
« Pourquoi est-ce que notre voiture a été enlevée° ? Comment c'est possible ?
— Vous avez choisi une place où le stationnement° était interdit°.
— Je n'ai pas vu de panneau° d'interdiction. Je ne comprends pas...
— C'était un jour de marché.

monde (m.) : many people
refroidir : to cool down
choqué(e) : upset
enlever : to take away, to impound
stationnement (m.) : parking
interdit(e) : forbidden
panneau (m.) : sign

— Ah ! Saperlipopette°, dit Louis. Un jour de marché ! Oui, j'ai acheté mon parapluie... Et maintenant, nous devons payer une amende°, je suppose.
— Effectivement, Bertrand a payé deux cents euros...

— Oh ! Mon dieu... Nous allons rembourser°, bien sûr, dit Melba.
— Notre Bertrand est une perle ! »

saperlipopette ! : goodness me !
amende (f.) : fine
rembourser : to reimburse

À ce moment, Édouard entre dans la pièce. Il serre° la main des invités. Il est de bonne humeur°. Il a fait une longue promenade avant le petit-déjeuner. « Marcher est idéal. Ça ouvre l'appétit ! J'espère que vous avez bien dormi ! » Il s'assoit à la table et se sert une tasse de café. Il mange quelques crêpes avec appétit.

serrer la main : to shake hands
être de bonne humeur : to be in a good mood

« Comme je vous ai dit hier soir, mon cher Louis, j'ai décidé d'écrire une biographie, pas de conférence. Mais j'ai besoin de votre autorisation pour publier° quelques photos. D'ailleurs°, ces photos sont formidables ! »

publier : to publish
d'ailleurs : incidentally, by the way

Il se tourne° vers° sa femme : « Wanda, ma chérie, où as-tu mis° les photos ? »

se tourner : to turn towards
vers : towards
tu as mis : you have put (p. composé, v. mettre)

Wanda se lève. Elle ouvre un tiroir° et prend une chemise° en carton°. À l'intérieur, il y a des photos. Elle choisit des images des années 1970 (mille neuf soixante-dix). Édouard choisit une photo et dit avec enthousiasme : « Regardez ! Voici une photo de Louis en Corse, les mains° dans la terre°, qui plante° un petit arbre !

tiroir (m.) : drawer
chemise (f.) : folder

carton (m.) : cardboard
main (f.) : hand
terre (f.) : ground, soil
planter : to plant

— Nous avons voulu° créer une plantation° d'avocatiers° en Corse°, se souvient° Louis, amusé. C'était en 1973° ou 1975°... J'avais° vingt-sept ans ! Mais c'est Wanda qui avait la passion des avocatiers... Elle m'a entraîné° dans cette aventure.

nous avons voulu : we wanted (p. composé, v. vouloir)
plantation (f.) : plantation
avocatier (m.) : avocado
Corse (f.) : Corsica
se souvenir : to remember
1973 : mille neuf cent soixante-treize
1975 : mille neuf cent soixante-quinze
j'avais : I had (imparfait, v. avoir)
entraîner : to lead

— Pourquoi des avocatiers ? demande Melba.
— Cet arbre est fascinant, explique Wanda. Ses fruits sont tellement merveilleux. Et aussi, j'avais vu° le film *Out of Africa*, un film si romantique ! Une femme cultive° des caféiers° au Kenya... Quelle aventure ! Moi aussi, je voulais vivre° une aventure et planter des avocatiers en Corse.

j'avais vu : I had seen (p.-que-parfait, v. voir)
cultiver : to cultivate, to grow
caféier (m.) : coffee bush
vivre : to live (through)

— Ma chérie, interrompt° Édouard. Le film *Out of Africa* date° des années quatre-vingts. Tu étais en Corse dans les années soixante-dix. Tu n'avais pas vu° le film à cette époque.
— Qu'importe° ! J'étais une jeune fille romantique, et la vie dans la nature m'attirait°. Je voulais être indépendante et avoir ma propre° exploitation°.

interrompre : to interrupt
dater de : to date from
tu n'avais pas vu : you hadn't seen (p.-que-parfait, v. voir)
qu'importe ! : who cares !
attirer : to appeal, to attract (here : imparfait)

propre : own
exploitation (f.) : farm

— Finalement, l'agriculture, c'est très difficile, dit Louis. Nous n'avions pas d'expérience. C'était un fiasco ! Et nous avons quitté la Corse un an plus tard...
— Le titre° de votre histoire : "Out of Corsica" ! dit Édouard. Ah ! Ah !
— Vraiment, c'est le titre de votre future biographie ?
— Non... Euh... je n'ai pas encore° trouvé le titre. »

titre (m.) : title
pas encore : not yet

Les hôtes° et leurs invités regardent les photos. On peut voir Wanda en Afrique, Wanda en Amérique centrale, Wanda à Paris... Toute la vie de Wanda. Vraiment, c'était une vie mouvementée. Édouard demande à Louis l'autorisation de publier les photos de Corse.

hôte (m.) : host

« Bien sûr ! dit Louis avec enthousiasme. Ma photo sera° publiée dans un livre ! Magnifique ! Je vais être célibataire° !
— Célibataire ? Ah ! Euh... Vraiment ?
— Mon mari veut dire "*célèbre*"°, n'est-ce pas, Louis ? rectifie° Melba.
— Exactement, bien sûr ! *Célèbre.*
— Vous savez, continue Édouard, ce ne sera peut-être pas un livre grand public. Mais nous verrons°... »

sera : will be (futur, v. être)
célibataire : single, unmarried
célèbre : famous
rectifier : to correct
nous verrons : we will see (futur, v. voir)

Enfin, Louis et Melba doivent partir. Ils remercient chaleureusement leurs hôtes : « Un grand merci pour votre accueil, Wanda, pour votre extraordinaire dîner et le délicieux petit-déjeuner », dit Melba. Wanda embrasse les voyageurs : « Vous êtes sûrs que vous ne voulez pas rester quelques jours ? Nous sommes tellement heureux de vous voir, et votre chambre est toujours à votre disposition°.

être à la disposition de : to be at the disposal of

— Merci, mais nous aimerions° continuer la route et visiter la région. C'est très gentil...
— Et un grand merci à votre colique°, dit Louis.
— Pardon ?
— Ce n'est pas un mot français, "colique" ?
— Louis ! Tu prononces mal le mot "*collègue*", intervient Melba. C'est un *è* ouvert, comme dans *frère, mère,* et un *o* fermé, comme dans *bistrot, kilo*... De plus, Bertrand n'est pas un *collègue*, mais un *employé*°.

nous aimerions : we would like (conditionnel, v. aimer)
colique (f.) : stomachache
employé(e) : employee

— Ah ! Je comprends, dit Wanda. Tu parles de Bertrand, notre employé ? Je lui transmets° ton message, bien sûr.
— Oui, dit Louis. Je veux dire *employé*, ah ! Ah ! Un grand merci à Bertrand, c'est notre sauveur° ! J'enverrai° un gâteau°, je veux dire : un *cadeau*° d'Angleterre pour lui.
— Comme c'est gentil !

transmettre : to pass on
sauveur (m.) : saviour
j'enverrai : I will send (futur, v. envoyer)
gâteau (m.) : cake
cadeau (m.) : gift, present

— Et bien sûr, nous devons rembourser les fraises°...
— Les *frais*° pour l'amende° ? Pas de problème...
— Nous enverrons° un chèque°. Et je veux absolument lire votre futur roman, Édouard.
— Bien sûr ! Je vous enverrai un exemplaire° dédicacé° », répond Édouard.

fraise (f.) : strawberry

frais (m. pl.) : expenses, fees
amende (f.) : fine
nous enverrons : we will send (futur, v. envoyer)
chèque (m.) : cheque, check
exemplaire (m.) : copy
dédicacé(e) : autographed

La valise est prête ; la deux-chevaux est garée sur le trottoir. Les deux voyageurs traversent le jardin. Leurs hôtes°, devant la porte, lèvent la main pour dire au revoir. Louis ouvre la portière°. Il est très content de retrouver sa voiture. Sa chère° deux-chevaux est en bonne santé°. Tout à coup, Édouard arrive en courant° : « Vous oubliez votre parapluie ! »

hôte (m.) : host
portière (f.) : car door
cher (chère) : dear
en bonne santé : in good health
en courant : running

Louis dit merci et récupère son parapluie. Édouard rentre chez lui. Melba dit ironiquement : « Encore cet inutile° parapluie !
— On ne sait jamais°, Melba. La météo peut changer. »

inutile : useless
on ne sait jamais : you never know

Les jours suivants sont des jours tranquilles. Le couple trouve une chambre d'hôte, à côté de Marseille. Ils se promènent ; ils visitent la ville et le port. Ils vont au marché ; ils goûtent les spécialités locales. Souvent, ils restent dans le jardin, sous un parasol, et lisent un livre ou un magazine.

Enfin, le dernier jour des vacances arrive. Il faut rentrer en Angleterre. Ils reprennent° la route pour le nord. Pendant le voyage, ils achètent des bouteilles de vin : c'est pour leur ami Robert. Ce n'est pas un Château Bivouac, mais c'est un bon vin aussi. Le Château Bivouac n'existe plus. Le propriétaire est à la retraite.

reprendre la route : to hit the road

Pour leur ami Marshall, ils cherchent l'adresse de la petite pâtisserie. Ils trouvent la petite pâtisserie, mais il n'y a plus de flans. La pâtissière s'excuse : « Un groupe d'ouvriers°... Ils avaient faim... » À la place°, ils achètent des diplomates. « Je suis sûr que Marshall va aimer les diplomates aussi », dit Louis.

ouvrier (m.) : worker
à la place : instead

Ils décident de visiter le palais° du "facteur° Cheval". C'est un monument historique, un grand palais construit à la main° par un seul homme, pendant 33 ans. C'est une réalisation unique au monde. Malheureusement, il y a une foule de touristes ; ils marchent avec la masse et ils ne voient pas les fins détails du palais. Seulement les plafonds...

palais (m.) : palace
facteur (m.) : postman
construit à la main : hand-made

Au nord de Lyon, Louis propose d'aller au restaurant. Il y a une auberge célèbre : le restaurant du célèbre cuisinier° Paul Bocuse. Melba pense que ce n'est pas une bonne idée. On ne peut pas aller dans un restaurant de grand standing sans réservation. Et puis, les prix° sont astronomiques. « Mais ma chérie ! Nous n'allons pas souvent au restaurant. Nous sommes encore° en vacances ! Nous ferons° des économies° en Angleterre. » Ce n'est pas raisonnable°, mais Melba accepte.

cuisinier (m.) : cook
prix (m.) : price
encore : still
nous ferons : we will do (futur, v. faire)
faire des économies : to save
raisonnable : wise

Ils ont de la chance : quand ils arrivent à l'auberge, une table est libre°. Malheureusement, une "tenue correcte"° est exigée°. Dans la valise, Louis n'a que des shorts, des jeans et des t-shirts. Il n'a pas de costume°. Tant pis°. Ils mangeront° chez Bocuse une autre fois°.

libre : free
tenue correcte : smart dress
exigé(e) : required
costume (m.) : suit
tant pis : too bad
ils mangeront : they will eat (futur, v. manger)
une autre fois : at another time

Après trois jours, le voyage se termine. Après la traversée en ferry, ils rentrent en Angleterre. Ils retrouvent° Paul et les petits-enfants. Ils racontent le voyage et les vacances. Ils montrent leurs photos. Et une chose très importante : Louis demande à Paul comment envoyer des SMS avec le téléphone portable. C'est vrai : Paul était inquiet ; il n'avait pas de nouvelles... La vie normale continue. Louis envoie un cadeau à Bertrand et un chèque pour le remboursement.

retrouver : to meet again

Un jour, Louis reçoit un colis°. C'est le livre d'Édouard : la biographie de Wanda ! Il y a une photo de Wanda sur la couverture°, et une photo de Louis à l'intérieur. Les mains dans la terre°, il a vingt-sept ans, et il plante des avocatiers...

colis (m.) : parcel
couverture (f.) : front cover
terre (f.) : soil, ground

Louis admire le livre. Il est heureux et fier°. Il a l'impression que c'est sa propre° biographie. Dans le colis, il y a aussi une lettre de Wanda. Elle écrit :

« Cher Louis, je t'envoie le livre. Il est terminé. Nous sommes très contents. Pour fêter° cet événement, Édouard et moi organisons une grande réception°. Il y a quatre-vingts invités. Vous êtes invités aussi. Votre présence° est indisponsable. La fête a lieu° la semaine prochaine. Ne soyez° pas en retard°. Vous êtes sûrs de préférer la voiture ? »

fier (fière) : proud
propre : own
fêter : to celebrate
réception (f.) : reception
présence (f.) : attendance
avoir lieu : to take place
ne soyez pas : don't be (impératif, v. être)
en retard : late

VOCABULAIRE

A

être d'accord *to agree*
l' **accueil (m.)** *reception, welcome ; home page*
accueillir *to greet, to welcome*
l' **admirateur (m.)** *admirer*
adorer *to love*
les **affaires (f. pl.)** *belongings*
affectueusement *affectionately*
s'afficher *to appear*
âgé(e) *old*
agité(e) *restless*
agricole *agricultural*
d'ailleurs *incidentally, by the way*
aimable *kind*
aimablement *kindly*
avoir l'air *to seem, to look*
l' **allée (f.)** *path*
allons-y ! *let's go then !*
allumer *to switch on*
l' **allure (f.)** *look, appearance*
alors *so, then ; well*
l' **amende (f.)** *fine*
amener *to bring*
ancien(ne) *former*
être aux anges *to be beside oneself with joy*
l' **Angleterre (f.)** *England*
l' **anis (m.)** *anise*
  à l'anis *aniseed*
annoncer *to announce*
apparaître *to appear*
apporter *to bring*
apprendre *to learn*
  vous avez appris *you have learnt (p. composé)*
appuyer *to press*
après *after*
après-demain *the day after tomorrow*
cet après-midi *this afternoon*
l' **arbre (m.)** *tree*
l' **argent (m.)** *silver*
l' **armoire (f.)** *cupboard*
l' **arrêt (m.) du bus** *bus stop*
arrêter *to stop, to halt*
  s'arrêter *to stop, to halt*
s'asseoir *to sit down*
  asseyez-vous *please sit down (impératif)*
assez *enough ; rather*
l' **assiette (f.)** *plate*
attendre *to wait*
  il a attendu *he has been waiting (p. composé)*
l' **attention (f.)** *kind thought*
  faire attention *to pay attention*
attirer *to appeal, to attract*
l' **auberge (f.)** *inn*
l' **autoroute (f.)** *motorway, highway*
autour de *around*
  autour d'eux *around them*
avant *before*
avion (m.) *plane*
l' **avocatier (m.)** *avocado*

B

la **baignoire (f.)** *bath, bathtub*
baisser *to lower*
balayer *to swipe*
le **baldaquin (m.)** *canopy*
la **banlieue (f.)** *suburb*
en bas *at the bottom*
le **bateau (m.)** *boat*
bavarder *to chatter, to talk*
avoir besoin de *to need*
le **beurre (m.)** *butter*
bien sûr ! *of course!*
le **bois (m.)** *wood*
la **boisson (f.)** *drink*
la **boîte (f.) à gants** *glove compartment*
bon(ne) *correct, proper*
bouger *to move*
la **bougie (f.)** *candle*
la **bouillabaisse (f.)** *fish soup*
la **bouilloire (f.)** *kettle*
le **bouquet (m.)** *bouquet, bunch*
au bout de *at the end of*
le **bouton (m.)** *button*
le **bras (m.)** *arm*
briller *to shine*
la **brosse à dent (f.)** *toothbrush*
le **brouillard (m.)** *fog, mist*
le **bruit (m.)** *noise*

C

la **cabane (f.)** *shelter, shed*
le **cadeau (m.)** *gift, present*
le **caféier (m.)** *coffee bush*
la **calculatrice (f.)** *calculator*
le **camion (m.)** *lorry, truck*
la **campagne (f.)** *countryside*
la **carte à puce (f.)** *chip card*
le **carton (m.)** *cardboard*
en cas de *in case of*
en tout cas *in any case*
cassé(e) *broken*
causer *to chat, to talk*
cela (ça) *it, this*
célèbre *famous*
célibataire *single, unmarried*
celui-là (celle-là) *this one*
la **centaine (f.)** *hundred*
centenaire *hundred-year-old*
avec chaleur *warmly*
la **chambre d'amis (f.)** *guest room*
la **chambre d'hôte (f.)** *guestroom*
champion (m.), championne (f.) *champion*
la **chance (f.)** *luck*
  avoir de la chance *to be lucky*
chasse à courre *fox-hunting*
le **chasseur (m.)** *hunter*
pas un chat *not a dickie bird*
la **châtaigne (f.)** *chestnut*
le **château (m.)** *castle*
faire chaud *to be hot*
le **chemin (m.)** *way, path*
  en chemin *on the way*
la **cheminée (f.)** *fireplace*
la **chemise (f.)** *folder*
le **chèque (m.)** *cheque, check*
cher (chère) *dear*

chercher *to look for*
le **chiffon (m.)** *dustcloth*
choqué(e) *upset*
la **chose (f.)** *thing*
le **ciel (m.)** *sky*
la **circulation (f.)** *traffic*
la **clé (f.)** *key*
le **clignotant (m.)** *indicator, blinker*
climatisé(e) *air-conditioned*
la **colique (f.)** *stomachache*
le **colis (m.)** *parcel*
la **colline (f.)** *hill*
commander *to order*
comme *as, like*
comme si *as if*
la **commode (f.)** *chest of drawers*
composer *to dial*
comprendre *to understand*
  j'ai compris *I understood (p. composé)*
compter *to count, to add up*
conduire *to drive*
avoir confiance dans *to have confidence in*
faire confiance à *to trust*
confondre *to confuse, to get (sth) mixed up*
confus(e) *embarrassed*
faire la connaissance de qn *to make sb's acquaintance*
connaître *to know*
  il a connu *he has known (p. composé)*
connecté(e) *connected*
le **conseil (m.)** *piece of advice*
conseiller *to recommend, to advise*
construit à la main *hand-made*
au contraire *on the contrary*
contrarié(e) *vexed*
par contre *however*
à contrecœur *unwillingly, grudgingly*
contredire *to contradict*
la **coriandre (f.)** *coriander*
la **Corse (f.)** *Corsica*
le **costume (m.)** *suit*
à côté de *next to*
d'à côté *next*
se coucher *to go to bed*
le **couloir (m.)** *corridor, hallway*
faire la cour *to court, to woo*
en courant *running*
la **courgette (f.)** *zucchini*
court(e) *short*
la **courtoisie (f.)** *courtesy*
coûter *to cost*
le **couvert (m.)** *cutlery ; place setting*
  mettre le couvert *to set the table*
la **couverture (f.)** *blanket, cover ; front cover*
crier *to shout*
croire *to believe*
cuisinier (m.), cuisinière (f.) *cook*
la **cuisinière (f.)** *stove*
le **cul-de-sac (m.)** *dead end*
cultiver *to cultivate, to grow*
le **cumin (m.)** *cumin*

D

dater de *to date from*
la **datte (f.)** *date (fruit)*
débarquer *to land, to disembark*
débiter *to debit*
debout *standing*
décoré(e) *decorated*
déçu(e) *disappointed*
dedans *inside*
dédicacé(e) *autographed*
démarrer *to start up*
faire demi-tour *to turn around*
démodé(e) *old-fashioned*
la **dentelle (f.)** *lace*
le **dentifrice (m.)** *toothpaste*
depuis *since, for*
depuis que *since*
le **dérangement (m.)** *disturbance*
déranger *to bother, to disturb*
derrière *behind*
descendre *to go down*
désolé(e) *sorry, regretful*
faire désordre *to be out of place*
le **dessus (m.)** *top*
détendu(e) *relaxed*
la **dette (f.)** *debt*
la **deux-chevaux (f.)** *Citroën 2 CV*
devant *in front of*
devenir *to become*
devoir *to have to, must*
  il aurait dû *he should have (conditionnel passé)*
le **digestif (m.)** *after-dinner liqueur*
le **diplomate (m.)** *trifle (dessert)*
dire *to say*
  ils diront *they will say (futur)*
  j'ai dit *I said (p. composé)*
  vouloir dire *to mean*
disparaître *to disappear*
être à la disposition de *to be at the disposal of*
le **doigt (m.)** *finger*
donc *so, therefore*
donner *to give*
  donner sur *to give onto*
dormir *to sleep*
  dormir comme un loir *to sleep like a log*
le **dos (m.)** *back*
le **drap (m.)** *bed sheet*
avoir le droit *to have the right*
à droite *right ; right hand*

E

l' **échafaudage (m.)** *scaffolding*
échanger *to exchange*
faire des économies *to save*
l' **écran (m.) tactile** *touch screen*
embarrassé(e) *embarrassed, bothered*
l' **embrassade (f.)** *hugging and kissing*
embrasser *to kiss*
s'émerveiller *to be amazed*
employé(e) *employee*
en (pron.) *about it*

encore *still*
encore une fois *one more time*
l' **endive (f.)** *chickory*
l' **endroit (m.)** *place*
énervant(e) *irritating*
enlever *to take away, to impound*
s'ennuyer *to be/to get bored*
enrouler *to wrap*
ensuite *then*
avec entrain *with enthusiasm*
entraîner *to lead*
entre *between*
l' **entrée (f.)** *first course*
entretenir *to maintain, to look after*
avoir envie de *to feel like*
envoyer *to send*
  j'enverrai *I will send (futur)*
  nous enverrons *we will send (futur)*
l' **épaule (f.)** *shoulder*
épousseter *to dust*
l' **escalier (m.)** *stairs*
espérer *to hope*
l' **essai (m.)** *test, trial*
essayer *to try (out), to test*
l' **étage (m.)** *floor*
l' **étagère (f.)** *shelf*
c'était *it was (imparfait, v. être)*
éteindre *to switch off*
étonné(e) *surprised*
s'étonner *to be surprised*
à l'étranger *abroad*
l' **être humain (m.)** *human being*
exagérer *to exaggerate*
s'exclamer *to exclaim*
l' **exemplaire (m.)** *copy*
exigé(e) *required*
l' **exploitation (f.)** *farm*
explorer *to explore*
exploser *to burst out*

F

la **façade (f.)** *frontage, facade*
facilement *easily*
de toute façon *anyway*
le **facteur (m.)** *postman*
avoir faim *to be hungry*
au fait *by the way*
la **farine (f.)** *flour*
fatigant(e) *tiring*
la **faute (f.)** *mistake*
faux *false*
féerique *enchanting*
la **fêlure (f.)** *crack*
fermé(e) *closed*
fêter *to celebrate*
la **feuille (f.)** *leaf*
le **feuilleté (m.)** *puff pastry*
fier (fière) *proud*
le **fils (m.)** *son*
la **fin (f.)** *end*
le **flan (m.)** *baked custard*
flatté(e) *flattered*
flotter *to float, to drift*
flûte ! *drat !*
la **fois (f.)** *time*
  une autre fois *at another time*
  douze fois *twelve times*
  encore une fois *one more time*
  plusieurs fois *several times*
fort (adv.) *loudly*

fort(e) *strong ; corpulent, stout*
fou (folle) *crazy*
fou (m.), folle (f.) *mad person*
la **foule (f.)** *crowd*
la **fourrière (f.)** *impound*
frais (fraîche) *fresh*
les **frais (m. pl.)** *expenses, fees*
la **fraise (f.)** *strawberry*
la **framboise (f.)** *raspberry*
le **frein (m.)** *brake*
le **fromage (m.) de brebis** *sheep's milk cheese*
le **fromage (m.) de chèvre** *goat's cheese*
fumant(e) *steaming*

G

gâcher *to spoil, to ruin*
gai(e) *joyful, cheering*
garanti(e) à vie *guaranteed for life*
garer *to park*
se garer *to park*
le **gâteau (m.)** *cake*
à gauche *left*
gentil(le) *kind*
le **glaçage (m.)** *icing, frosting*
le **glaçon (m.)** *ice cube*
le **goût (m.)** *taste, flavour*
goûter *to taste*
le **GPS (m.)** *sat nav system*
grâce à *thanks to*
la **graine (f.)** *seed*
le **gratin (m.)** *crumble*
grave *serious*
  ce n'est pas grave *it's not so bad*
grommeler *to mutter*
la **grossièreté (f.)** *rudeness*
grossir *to put on weight*
avoir la gueule de bois *to have a hangover*
guider *to guide, to lead*

H

l' **habitude (f.)** *habit*
  avoir l'habitude de *to be used to*
  d'habitude *usually, normally*
le **hasard (m.)** *chance, coincidence*
  au hasard *at random*
hanté(e) *haunted*
haut(e) *high*
le **haut** *top*
  en haut *on the top*
le **haut-parleur (m.)** *loudspeaker*
l' **herbe (f.)** *grass*
en une heure *in an hour*
la **honte (f.)** *shame*
  avoir honte *to be ashamed*
le **hors-d'œuvre (m.)** *starter, appetizer*
l' **hôte (m.)** *host*
l' **huile (f.)** *oil*
l' **humeur (f.)** *mood*
  être de bonne humeur *to be in a good mood*
  être de mauvaise humeur *to be in a bad mood*

I

d'ici *from around here*
il y a *ago*
immense *vast, huge*

s'impatienter *to lose patience*
impoli(e) *rude*
qu'importe ! *who cares !*
l' **imprévu (m.)** *unforeseen event*
l' **impuissance (f.)** *helplessness*
l' **inconnu (m.), inconnue (f.)** *unknown (person)*
inconnu(e) *unknown, unfamiliar*
infernal(e) *infernal, maddening*
inhumain(e) *inhuman*
inquiet (inquiète) *worried*
inquiétant(e) *worrisome, troubling*
s'inquiéter *to be anxious, worried*
  ne t'inquiète pas *don't worry*
insolite *unusual*
insonorisé(e) *soundproof*
s'installer *to settle*
interdit(e) *forbidden*
interloqué(e) *taken aback, dumbstruck*
interrompre *to interrupt*
interrompu(e) *interrupted*
intervenir *to intervene, to speak*
inutile *useless*
inventer *to invent*
inventif (-ive) *inventiv, creative*

J

ne...jamais *never*
on ne sait jamais *you never know*
le **jambon fumé (m.)** *smoked ham*
le **jardinier (m.)** *gardener*
la **joue (f.)** *cheek*
le **jour de congé (m.)** *day off*
le **jus (m.)** *juice*
  le jus de citron (m.) *lemon juice*
justement *precisely*

K

klaxonner *to beep, to honk*

L

laisser *to leave*
le **lait (m.)** *milk*
large *wide*
le **lavabo (m.)** *sink*
le lendemain *the next day*
le long de *along*
lequel (laquelle) *which one*
se lever *to rise (sun)*
libre *free*
avoir lieu *to take place*
le **lit (m.)** *bed*
  aller au lit *to go to bed*
loin *far*
  de loin *from a distance*
le **loir (m.)** *dormouse*
Londres *London*
la **louche (f.)** *ladle*

lugubre *gloomy*
lui (pron.) *(to) him, her*
la **lumière (f.)** *light*

M

la **main (f.)** *hand*
maison (adj.) *homemade*
la **maîtresse de maison (f.)** *lady of the house*
mal (adv.) *poorly, badly*
avoir le mal de mer *to be seasick*
malade *sick, ill*
marcher *to walk ; to work*
le **mari (m.)** *husband*
mariné(e) *marinated*
le **matelas (m.)** *mattress*
mauvais(e) *wrong*
mécontent(e) *discontented*
le **melon (m.)** *melon*
même *even*
faire le ménage *to do the cleaning*
la **mer (f.)** *sea*
le **métier (m.)** *job, profession*
mettre *to put*
  tu as mis *you have put (p. composé)*
le **meuble (m.)** *piece of furniture*
le **miel (m.)** *honey*
au milieu de *among*
le **millier (m.)** *thousand*
mince *slim*
minuit *midnight*
le **mistral (m.)** *mistral (wind)*
moi-même *myself*
moins *less*
la **moitié (f.)** *half*
le **monde (m.)** *world ; many people*
  beaucoup de monde *many people*
monter *to go up(hill), up(stairs)*
la **montre (f.)** *watch*
montrer *to show*
le **morceau (m.)** *piece, bit*
le **mot (m.)** *word*
mouvementé(e) *eventful*
le **mur (m.)** *wall*

N

la **naissance (f.)** *birth*
la **nappe (f.)** *tablecloth*
le **navigateur GPS (m.)** *sat nav system*
ne...jamais *never*
ne...personne *nobody*
ne...plus *no more, no longer*
ne...que *only*
néon (m.) *neon lighting*
n'est-ce pas ? *isn't it ?*
ni...ni *neither...nor*
la **nigelle (f.)** *black cumin*
nommer *to name, to mention*
non plus *neither*
de nouveau *once again*
la **nouvelle (f.)** *piece of news*
la **nuit (f.)** *night*
  cette nuit *tonight*

O

l' **œil (pl. : yeux)** *eye*
l' **œuf (m.)** *egg*
offrir *to give, to offer*
l' **oiseau (m.)** *bird*
l' **ombre (f.)** *shade, shadow*

originaire de *native of*
oser *to dare*
l' **osier (m.)** *wicker*
oublier *to forget*
l' **ouvrier (m.)** *worker*
ouvrir *to open*
s'ouvrir *to open*

P

le **pain (m.)** *bread*
le **palais (m.)** *palace*
le **palier (m.)** *landing (of a staircase)*
le **palmier (m.)** *small biscuit*
en panne *out of order*
la **panne d'essence (f.)** *panne d'essence*
le **panneau (m.)** *road sign*
le **parapluie (m.)** *umbrella*
le **parcours (m.)** *career*
partir *to go away*
partons ! *let's go away ! (impératif)*
partout *everywhere*
le **pas (m.)** *step, pace*
faire les cent pas *to pace up and down*
pas encore *not yet*
le **passant (m.)** *passerby*
le **passé (m.)** *past*
bien se passer *to go off well*
passer par *to go through*
la **pâte (f.)** *batter*
la **pâtisserie (f.)** *cake, pastry*
pauvre *poor*
le **paysage (m.)** *landscape*
le **péage (m.)** *tollbooth*
la **pêche (f.)** *peach*
le **peignoir (m.)** *robe*
pendant *during*
la **pensée (f.)** *thought*
penser *to think*
pensif *wondering, thinking*
perdre *to lose*
nous avons perdu *we have lost (p. composé)*
qqn est une perle *sb is an angel*
perplexe *puzzled*
petit à petit *little by little*
petit(e) ami(e) (m./f.) *boy/girl friend*
avoir peur de *to be scared, afraid of*
peut-être *perhaps, maybe*
la **phrase (f.)** *sentence*
la **pièce (f.)** *room ; coin*
la **pièce (f.) de monnaie** *coin*
la **pierre (f.)** *stone*
le **piéton (m.)** *pedestrian*
la **piscine (f.)** *swimming pool*
à la place *instead*
la **place (f.) du marché** *market square*
le **plafond (m.)** *ceiling*
faire plaisir à *to please*
s'il te plaît *please (informal)*
s'il vous plaît *please (formal)*
la **plantation (f.)** *plantation*
planter *to plant*
le **plat (m.)** *dish*
le plat de résistance (m.) *main course*
le **plateau (m.)** *tray*
plier *to fold*

plus *more*
de plus *furthermore, moreover*
plus tôt *earlier*
plusieurs *several*
plusieurs fois *several times*
le **pneu (m.)** *tire*
la **poêle (f.)** *frying pan*
le **point de vue (m.)** *viewpoint*
le **pois chiche (m.)** *chickpea*
le **pont (m.)** *deck*
la **porcelaine (f.)** *porcelain*
le **port (m.)** *port, harbour*
le **portail (m.)** *portal, gate*
la **porte-fenêtre (f.)** *French window*
le **portefeuille (m.)** *wallet*
porter *to wear*
la **portière (f.)** *car door*
poser *to put, to lay*
le **pot (m.)** *jar*
pour *for ; in order to*
pousser *to push*
pouvoir *to be able to, can*
je pourrais *I could (conditionnel)*
nous pouvions *we could (imparfait)*
près de *near, close to*
la **présence (f.)** *attendance*
prêt(e) *ready*
prêter *to lend*
prévenir *to warn*
je vous en prie (formal) *please*
le **prix (m.)** *price*
se promener *to go for a walk*
propre *clean, neat ; own*
le **proverbe (m.)** *proverb*
publier *to publish*

Q

quand même *even though*
le **quartier (m.)** *area, district*
quel(le) *which*
quitter *to leave*
se quitter *to part, to separate*
quoique *although*

R

raccrocher *to hang back up*
raconter *to tell*
raffiné(e) *refined, sophisticated*
rafraîchissant(e) *refreshing*
raide *stiff, rigid*
le **raisin sec (m.)** *raisin, sultana*
avoir raison *to be right*
raisonnable *wise*
rallumer *to turn back on*
ramener *to bring back*
rangé(e) *orderly, tidy*
rappeler *to call back ; to remind ; to look like*
rapporter *to bring back*
rappuyer *to press again*
rassi(e) *stale*
rassurer *to reassure*
se rassurer *to reassure oneself*
ravi(e) *delighted, pleased*
la **réception (f.)** *reception*

recevoir *to receive*
reconnaître *to recognize*
rectifier *to correct*
récupérer *to recover, to get back*
redémarrer *to restart*
redescendre *to go down again*
la **redevance (f.)** *toll fee*
réfléchir *to reflect, to ponder, to think*
le **réfrigérateur (m.)** *refrigerator*
refroidir *to cool down*
refuser *to deny*
faire un régime *to be on a diet*
réglé(e) *settled, resolved*
la **religieuse (f.)** *nun ; cream puff*
rembourser *to reimburse*
le **remontant (m.)** *tonic*
remplir *to fill (up)*
rentrer *to return home*
le **repas (m.)** *meal*
repeindre *to repaint*
le **répertoire (m.)** *directory*
reposé(e) *well-rested, recharged*
se reposer *to rest*
reprendre *to take back*
  reprendre la route *to hit the road*
  reprendre ses esprits *to snap out of it*
le **réseau routier (m.)** *road network*
avec réserve *cautiously*
résonner *to resound*
résoudre *to solve, to resolve*
le **ressort (m.)** *spring*
rester *to stay*
rester planté(e) *to stand rooted to the spot*
résumer *to summarize, to sum up*
en retard *late*
retourner *to turn over*
se retourner *to turn around*
être à la retraite *to be retired*
rétrécir *to shrink*
retrouver *to find again ; to meet (again)*
la **réussite (f.)** *success*
réveillé(e) *awake*
se réveiller *to wake up*
revenir *to come back*
ne...rien *nothing*
de rien *you're welcome*
la **rivière (f.)** *river*
la **robe (f.)** *dress*
le **roman (m.)** *novel*
romanesque *fantastic, fanciful*
à la ronde *around*
le **rosier (m.)** *rosebush*
rouler *to go, to drive*
royalement *majestically, regally*

S

le **sablé (m.)** *shortbread biscuit*
le **sachet (m.)** *small bag*
le **safran (m.)** *saffron*
le **salon (m.)** *exhibition*
sans *without*
la **santé (f.)** *health*
  santé ! *cheers !*
  être en bonne santé *to be in good health*

saperlipopette ! *goodness me !*
le **sauveur (m.)** *saviour*
savoir *to know*
le **savon (m.)** *soap*
le **sèche-cheveux (m.)** *hairdryer*
sèchement *coldly*
séduit(e) *charmed*
le **sens (m.)** *direction, way*
le **sentiment (m.)** *feeling*
sentir *to smell*
se sentir *to feel*
se sentir bien/mal *to feel well/not feel well*
serré(e) *squeezed*
serrer la main *to shake hands*
rendre des services *to be helpful*
la **serviette (f.)** *towel*
servir *to serve*
se servir qqch *to pour oneself sth*
seul(e) *alone*
siffler *to whistle*
sinistre *gloomy*
sinueux(-euse) *sinuous, winding*
le **soir (m.)** *evening*
la **soirée (f.)** *evening*
le **soleil (m.)** *sun*
au soleil *in the sun*
sonner *to ring*
la **sortie (f.)** *exit*
sortir *to go out, to leave the road*
sortez ! *get out !*
souffler *to whisper*
soûl(e) *drunk*
soulagé(e) *relieved*
soupirer *to sigh*
sourire *to smile*
sous *under*
le **souvenir (m.)** *memory*
se souvenir *to remember*
souvent *often*
le **stationnement (m.)** *parking*
la **station-service (f.)** *petrol station, gas station*
stérile *sterile*
stressant(e) *stressful*
sucré(e) *sweet*
suffire *to be enough*
suivre *to follow*
surtout *above all*

T

la **table basse (f.)** *coffee table*
le **tableau (m.)** *painting*
le **tablier (m.)** *apron*
la **taille (f.)** *waist*
tailler *to trim, to prune*
le **tailleur (m.)** *woman's suit*
tant pis *never mind ; too bad*
taper *to type*
le **tapis (m.)** *carpet*
tellement *so, so much*
le **témoignage (m.)** *testimony ; account*
le **temps (m.)** *time*
il est temps de *it is time to*
de temps en temps *from time to time*
tenue correcte *smart dress*
la **terre (f.)** *ground, soil*
la **théière (f.)** *teapot*
tiens ! *look !*
le **tiroir (m.)** *drawer*
le **titre (m.)** *title*
la **toilette (f.)** *washing up*
le **toit (m.)** *roof*
tomber *to fall (down)*

le **ton (m.)** *tone, pitch*
le **tourbillon (m.)** *whirl, hurly-burly*
tourner *to turn*
se tourner *to turn towards*
tousser *to cough*
c'est tout *that's all*
tout à coup *suddenly*
tout à fait ! *absolutely !*
tout de même *despite everything*
tout droit *straight on*
le **trajet (m.)** *way, route*
la **tranche (f.)** *slice*
tranquillement *at a leisurely pace*
transmettre *to pass on*
à travers *through, across*
traverser *to cross*
la **trentaine (f.)** *about thirty*
trinquer *to clink glasses*
se tromper *to make a mistake*
en trop *too much*
trop tard *too late*
trouver *to find*
  ils trouveront *they will find (futur)*

V

la **valise (f.)** *suitcase*
la **vallée (f.)** *valley*
vallonné(e) *hilly*
le **vaporisateur (m.)** *spray*
la veille *the day before*
venir *to come*
  ils sont venus *they came (p. composé)*
  venez ! *come ! (impératif)*
le **vent (m.)** *wind*
verni(e) *polished*
le **verre (m.)** *glass*
vers *toward*
verser *to pour*
vide *empty*
la **vie (f.)** *life*
la **viennoiserie (f.)** *pastry*
vilain(e) *ugly*
le **vinaigre (m.)** *vinegar*
le **visage (m.)** *face*
viticulteur (m.), viticultrice (f.) *wine-grower*
la **vitrine (f.)** *shop window ; show case*
vivre *to live ; to live through*
voir *to see*
  nous verrons *we will see (futur)*
  voyons *let's see, let's have a look (impératif)*
  tu as vu *did you see (p. composé)*
  j'avais vu *I had seen (p.-que-parfait)*
  tu n'avais pas vu *you hadn't seen (p.-que-parfait)*
voisin (m.), voisine (f.) *neighbour*
la **voix (f.)** *voice*
volé(e) *stolen*
le **volet (m.)** *shutter*
vouloir *to want*
  nous avons voulu *we wanted (p. composé)*
  vouloir dire *to mean*
vrai(e) *true*

Y

les **yeux (pl.),**
l'œil (sg.) *eyes*
les yeux fermés *with your eyes closed*

Z

zut ! *drat !*

<u>Other books by Sylvie Lainé :</u>

Le Pendentif
Voyage en France
Spice up your French with Cookversations !

Notes

Notes

Notes

Printed in Great Britain
by Amazon

55401445R00058